Simon Fitzmaurice

Solange das Leben leuchtet

Mein Körper wird immer schwächer, aber die Liebe zu meiner Familie bleibt stark

Aus dem Englischen von
Isabell Lorenz

BASTEI LÜBBE
TASCHENBUCH

BASTEI LÜBBE TASCHENBUCH
Band 60875

Dieser Titel ist auch als E-Book erschienen.

Vollständige Taschenbuchausgabe

Deutsche Erstausgabe

Titel der irischen Originalausgabe: »It's Not Yet Dark«
Originalverlag: Hachette Books Ireland

Textredaktion: Michael Neuhaus, Arnsberg
Titelillustration: © shutterstock/Suzanne Tucker
Umschlaggestaltung: Jana Rumold, LICHTFELD DESIGN
Satz: hanseatenSatz-bremen, Bremen
Gesetzt aus der Arno Pro
Druck und Verarbeitung: CPI books GmbH, Leck – Germany
Printed in Germany
ISBN 978-3-404-60875-1

2 4 5 3 1

BASTEI LÜBBE
TASCHENBUCH

Über den Autor:

Simon Fitzmaurice ist ein mehrfach ausgezeichneter Autor und Regisseur. Seine Filme wurden auf Festivals auf der ganzen Welt gezeigt, und er gewann Preise im In- und Ausland. Er schreibt regelmäßig für *The Irish Times*. Zurzeit arbeitet Simon Fitzmaurice trotz aller Widerstände an seinem ersten abendfüllenden Spielfilm. Er lebt mit seiner Frau Ruth und den fünf Kindern in Greystones, südlich von Dublin.

Für Ruth,
Jack, Raife, Arden, Sadie und Hunter

Die Mutigen

Ich bin ein Fremdling. Eine andere Rasse. Ich lebe unter euch, aber ich bin anders. So anders, dass es nur Schmerzen bereitet, wenn ich so tue, als sei ich wie ihr. Und doch bin ich wie ihr im selben Maß, wie ich anders bin. Ich bin ein Fremdling.

Ich sehe euer Wesen, wenn ich fernsehe, Musik höre oder lese. Ich war einmal wie ihr. Aber oft fühle ich mich fern von euch.

Mein Wesen hat Gesichter, Namen. Totems. Die Worte, die wir sprechen. Jeder unserer Atemzüge ist Wesen.

Alle bemerken es, aber keiner sieht es.

Auf den Straßen, in den Menschenmengen, keiner sieht es.

Ich war einmal unsichtbar. Ich lebte unter euch, unsichtbar in meiner Verkleidung. Jetzt bin ich der Inbegriff des Andersseins. Ich kann mich nicht verstecken. Ich lebe mit einem Kraftfeld, vor dem ihr den Blick abwendet. Nur die Kinder sehen mich. Ihr zieht sie an euch, wenn ich in eure Nähe komme, aber sie wenden den Blick nicht ab. Ihr geht auf die andere Straßenseite, aber eure Kinder schauen nicht weg. Sie sind noch auf der Suche nach dem, was das Menschsein ausmacht.

Ich erschrecke euch. Ich bin ein Totem der Furcht. Der Krankheit, des Wahnsinns, des Todes. Ich bin ein Prüfstein, dem man aus dem Weg gehen muss.

Doch das tun nicht alle. Die Mutigen kommen näher. Frauen. Kinder. Selten einmal ein Mann. Und ich werde wachgerüttelt.

Die Mutigen sind die, die ich als Freunde ansehe.

Den Atem anhalten

Ich bin mit dem Auto in England unterwegs. Auf einer schmalen Landstraße, die zu einer hohen Eiche hinaufführt. Es könnte auch Irland sein. Der Anruf kommt, kurz bevor ich den Baum erreiche. Es ist meine Produzentin, und sie jubelt. Gerade hat sie einen Anruf vom Sundance Film Festival erhalten. Man würde gern unseren Film dort zeigen. Ich spüre, wie sich etwas in mir verschiebt. Sie redet schnell, dann legt sie auf. Ich fahre an dem Baum vorbei. Sie ruft noch einmal an. Sagt, da sei noch ein Anruf gewesen und man sei wirklich ganz begeistert von unserem Film. Wir sind überglücklich, Worte sprudeln aus uns heraus, an die ich mich nicht mehr erinnere. Dann verabschieden wir uns. Ich fahre eine Landstraße hinunter, und ich bin ein anderer geworden.

Ich war schon auf vielen Festivals. Weshalb gerade dieses mir so viel bedeutet, weiß ich nicht. Vielleicht, weil ich mit den Filmen meines Vaters aufgewachsen bin, in einer Zeit, als Robert Redford eine Legende war. *Der Unbeugsame* war einer unserer Lieblingsfilme. Ich weiß es nicht. Aber ich habe mich oft gefragt, ob womöglich genau in diesem Moment die Amyotrophe Lateralsklerose (ALS) bei mir ausbrach. Dass ich seit Jahren den Atem angehalten hatte. Und mich plötzlich entspannte. Und dass genau in dem Moment etwas aushakte. Etwas hakte aus.

Im Monat darauf kippt mein Fuß weg.

Ich gehe durch Dublin. Vom Stadtteil Rialto zum Park Stephen's Green. Die Nacht hatte ich im Haus eines Freundes verbracht. Hatte auf dem Fußboden geschlafen. Jetzt höre ich ein klatschendes Geräusch. Mein Fuß auf dem Bürgersteig.

Merkwürdig. Als sei mein Fuß eingeschlafen und schlaff geworden. Es vergeht. Sofort stelle ich eine Verbindung zu den Schuhen her, die ich trage, braunrote, flippige Dinger, in denen ich keinerlei Halt habe. Ich überlege, ob ich mir den Fuß womöglich vergangenes

Jahr beim Bergsteigen verletzt habe. Deshalb biege ich von der Grafton Street ab und gehe in ein Geschäft für Sportbekleidung und Trekkingausrüstung, hinauf in die Schuhabteilung. Ich probiere ein Paar Laufschuhe an, bin fest entschlossen, meinem Fuß Halt zu geben.

Ich frage den Verkäufer um Rat. Dies ist ein Laden mit Bergsteigerausrüstung, also wird der Mann mich bestimmt verstehen. Ich erkläre, wie ich vergangenes Jahr im Himalaya klettern war, aber leider mit diesen furchtbaren Schuhen ohne festen Halt, und wie jetzt mein Fuß in den Schuhen auf einmal ganz schlaff wurde. Und ich frage, ob er so etwas schon einmal gesehen hat. Er schaut mich an. Meine Unwissenheit trifft auf seine Besorgnis. Nein, so etwas habe ich noch nie gesehen, sagt er. Der Blick aus seinen Augen wird zu einem Stechen in meinem Magen.

Meine erste Diagnose kommt von einem Schuhverkäufer.

Die Brücke in der Baggot Street

Ich sitze auf einem unbequemen Stuhl in der schäbigen Souterrainwohnung eines Freundes vom College, als eine junge Frau den Raum betritt. Sie ist groß, schlank und schlicht und ergreifend das wunderschönste Mädchen, das ich je gesehen habe. Mit diesem Freund geht sie in den hinteren Teil des Zimmers. Mein erster Gedanke ist: Wo zum Teufel hat er die nur aufgetrieben? Sie stammt aus Ardee, Grafschaft Louth. Sie spielt in einer anderen Liga als ich. Sie heißt Ruth.

Mein ganzes bisheriges Leben war nichts als die Suche nach Ruth.

Jahre nach dieser ersten Begegnung gehe ich mit meinen Eltern über die O'Connell Street. Wir kamen aus dem Savoy-Kino, und an einer Bushaltestelle vor dem Kaufhaus Clery's gehe ich an Ruth vorbei. Ich bitte meine Eltern zu warten und laufe ihr hinterher. Wir reden, ohne etwas zu sagen. Die Begegnung findet in unseren Blicken statt. Etwas ist da. Ich bitte sie um ihre Telefonnummer, und sie macht die Handtasche auf. Sie hat kurzes Haar, und in dem schlichten marineblauen Wintermantel sieht sie hinreißend aus. Ich bin dreist. Ich sehe ihren Gehaltszettel und strecke die Hand danach aus, tue so, als wollte ich ihn mir angucken. Ruth gibt mir ihre Telefonnummer, wir verabschieden uns, und ich gehe zurück zu meinen Eltern. Es ist Donnerstag.

Ich rufe nicht an. Es ist einfach zu wichtig.

Am Montag darauf gehe ich von der Haltestelle Lansdowne zur Arbeit. Nach einem Arbeitsaufenthalt in der Ukraine bekam ich einen Job, den sonst keiner wollte. In einem Steuerberatungsbüro mit einem Steuerberater. Das ist das ganze Personal. Er und ich. Ich hatte die Aufgabe, in einem kleinen Büroraum zu sitzen und Anrufe entgegenzunehmen. Es kamen nie welche. Nie. Den ganzen Tag habe ich gelesen. Es war sehr ruhig dort. Bei der Arbeitsvermittlung hieß es, länger als eine Woche hätte es vor mir noch keiner dort ausgehalten. Ich schaffte ein Buch in drei Tagen. Fürs Lesen bezahlt. Seit mehreren Monaten war ich inzwischen da.

Ich stehe bei der Brücke in der Baggot Street und warte mit den vielen anderen Pendlern. Es ist noch nicht einmal Frühstückskaffeezeit, und ich schlafe noch halb. Die junge Frau vor mir hat Kopfhörer auf. Ihr Mantel ist marineblau. Ich begreife und strecke langsam die Hand aus, um sie an der Schulter zu berühren. Ruth dreht sich um. Auch sie schläft noch halb, und es dauert eine Weile, bis sie mich erkennt. Sie wird rot. Ich werde rot. Mit stockenden Bewegungen nimmt sie die Kopfhörer ab, und die Pendler überqueren die Brücke ohne uns.

Ein paar Minuten unterhalten wir uns, bis mir klar wird, dass sie ganz in meiner Nähe arbeitet, und das schon seit Monaten. Dass wir beide denselben Weg zur Arbeit haben, zur selben Zeit kommen, und das schon seit Monaten. Aber dass wir uns erst vier Tage zuvor rein zufällig getroffen haben, das erste Mal seit Jahren. Wie wundersam, wie unheimlich.

Verlegen über alles vernünftige Maß hinaus laufen wir auseinander.

Zum Mittagessen treffen wir uns im Searson's, einem Pub auf der Baggot Street. Zwei tiefe Teller vollgehäuft mit Pasta stehen zwischen uns. Aber mein Magen ist zugeschnürt. Ruth geht es genauso. Wir können nichts essen. Das ist peinlich. Das ist Liebe.

Am Wochenende gehen wir mit Freunden ins Kino. Ich sitze neben Ruth. Die Luft ist magnetisch aufgeladen von meinem Wunsch, sie zu berühren.

Unser erster Kuss passiert eine Woche später, in einer Kellerbar in der Nähe der Wicklow Street, im Schatten einer Tür.

Empire State Building

Das ist es nun. Mein Leben hat sich verändert, für immer.

Meine Familie ist daran gewöhnt, dass ich ständig über Liebe und den neuen Menschen in meinem Leben rede. Diesmal erzähle ich ihnen nichts. Ich lasse sie Ruth einfach kennenlernen. Sie sind deswegen alle ziemlich nervös. Ruth kommt, und ich sehe sie reden, sich bewegen, rot werden und mitten unter meinen Verwandten sitzen. So stolz bin ich in meinem ganzen Leben noch nicht gewesen.

Ruth. Mein ganzer Körper steht in Flammen. Ich war früher schon verliebt, aber so noch nicht. Es gibt keinen einzelnen Grund dafür, auch keine ganze Liste von Gründen. Es ist alles zusammen. Ich bin an einem Ort, an dem ich vorher nie war. Dies geht weit hinaus über alles Glück, das ich je empfunden habe. Es liegt nicht an dem, was wir tun oder was wir sagen. Es ist die Tatsache, dass wir zusammen sind. Worte fallen nicht. Wir sind Lebewesen, Menschen ohne Worte. Drei Tage verbringe ich in ihrem Zimmer. Nur zum Essen gehen wir hinaus. Sitzen im Fond von Taxis, fahren wortlos durch Dublin, um zu essen. Wir knüpfen ein Band fürs Leben. Es ist offensichtlich. Wir verzehren einander.

Nie habe ich mich in Gegenwart eines anderen lebendiger gefühlt, und nie bin ich mit jemandem zusammen gewesen, der lebendiger war. Das ist alles.

Ich habe jeden Penny gespart, genug für eine Anzahlung auf ein winziges Reihenmittelhaus, ein Eisenbahnerhäuschen mit drei Zimmern, im alten Dubliner Stadtteil Inchicore. Ich kaufe es, vermiete zwei Zimmer an Freunde, damit ich es mir leisten kann, die Hypothek abzuzahlen, und ziehe ein.

Ein paar Monate später zieht Ruth zu mir. Vor Kurzem hat sie bei Today FM angefangen, einem lokalen Radiosender, und ist ganz begeistert von ihrem Job. Die Arbeit beim Radio ist ihre ganz große Leidenschaft.

Ich belege einen Kurs für Webdesign, und das aus einem einzigen Grund: Sie haben ein digitales Videomodul. Ich führe Regie bei drei Kurzfilmen. Kein Budget, alles digital. Weil ich mit Ruth zusammen bin, glaube ich, ich kann alles schaffen. Um meinen Traum zu verwirklichen, entschließe ich mich, noch ein weiteres Jahr zu studieren. Am Dublin Institute of Technology schreibe ich mich ein für einen Masterstudiengang in Filmtheorie und -produktion. In einer Pizzeria an den Ufern des Flusses Liffey finde ich einen Job als Kellner.

Ruth und ich sind unzertrennlich. Sie ist anders als alle, die ich kenne. In meinem kleinen weißen Auto – ihr Vater nennt es das Molekül – fahren wir durch die Gegend. Ich lerne Ruths Familie kennen. Sie hat vier Brüder und eine Schwester. Vier. Ich bin ganz krank vor Nervosität. Ruth lacht, als ich den Wagen an einer Kreuzung in der Nähe ihres Elternhauses parke und mir andere Schuhe anziehe. Glänzend schwarze Schuhe, die ich sonst nie trage. Ihre Familie ist genau wie meine. Sie stehen sich nahe. Sind verrückt. Reden ausgelassen bei Tisch. Viel Liebe und Humor, gutes Essen, guter Wein. Genau meine Art Leute.

Ruth und ich besuchen Restaurants überall in Dublin. Schnell haben wir unsere Lieblingslokale. Wir lieben gutes Essen zu zweit. Ich weiß nicht, worüber wir reden. Aber das ist auch nicht wichtig. Wir lachen über dieselben Dinge. Wir verschlingen Geschichten, in Form von Büchern und Filmen. Das sind unsere Gesprächsthemen, denke ich. Ich bin zu sehr damit beschäftigt, Ruth anzuschauen. Deshalb kann ich mich nicht erinnern.

Wir fühlen uns glücklich und lebendig im Licht unseres Schlafzimmerfensters.

Die Filmschule hat Filmkameras. Schneidetische. Scheinwerfer. Tonausrüstung. Und engagierte Lehrer, die sich für Film begeistern. Ich bin im Paradies.

Ich schreibe einen fünfminütigen Film und führe Regie. Drehe auf echtem Filmmaterial, nicht digital, habe einen bestens organisierten technischen Stab. Ich stehe im Studio, gehe zwischen den Kabeln und dem herrlichen Chaos vieler Leute herum, die alle mit einer einzigen kreativen Arbeit beschäftigt sind, und es fühlt sich genau richtig für mich an. Genau das will ich beruflich machen. Ich bin total besessen.

Ruth wird bei der Arbeit befördert. Sie produziert jetzt die Nachmittagsshow.

Ich schreibe eine einfache Liebesgeschichte über ein Mädchen, das in einer Imbissbude arbeitet, und einen Typen, der bei der Bank auf der anderen Straßenseite als Sicherheitsmann beschäftigt ist. Sie beobachten einander aus der Ferne, wissen nicht, dass der andere das auch tut. Es ist mein Abschlussfilm, ein ganzes Jahr lang arbeite ich Tag und Nacht daran. Ich mache mein Diplom mit Auszeichnung und habe einen fertigen Film, *Full Circle,* in der Tasche.

Die Schule ist aus, die Studenten gehen ihrer Wege. Ich verschicke meinen Film an die verschiedensten Festivals, drei Einsendungen die Woche. Über meinen Schwager Chris bekomme ich eine Stelle bei einem Büro für Vermögensverwaltung. Ich pflege Daten ein, stupide Arbeit, aber besser bezahlt als ein Kellnerjob. Drei Tage die Woche bin ich da, und eine Frau findet Vergnügen daran, mir die undankbarsten Aufgaben zuzuteilen.

Mein Film wird für das Filmfestival in Cork angenommen. An einem Donnerstag wird er gezeigt, und alle an dem Projekt Beteiligten sind arbeitsbedingt verhindert, also bitte ich meine Mutter mitzukommen. Mit dem Zug fahren wir zwei hin. Das Zusammensein mit meiner Mum ist unkompliziert. Es ist mein erstes Filmfestival. Gemeinsam sitzen wir im Dunkeln unter den anderen Zuschauern und sehen meinen Film an. Es hat etwas Magisches.

Danach fahren wir mit dem Zug nach Dublin zurück.

Der Anruf kommt am Sonntagmorgen. Ruth und ich schlafen noch, das Telefon weckt mich. Jemand teilt mir mit, dass mein Film den Preis des Festivals von Cork gewonnen hat. Sie wollen mich auf den Arm nehmen, sage ich. Gelächter am anderen Ende der Leitung. Nein, sagt die Stimme.

Ruth und ich rennen den Bahnsteig lang, erreichen den Zug im letzten Moment. Ein paar Stunden später stehe ich hinter der Bühne beim Festival und will nach vorn gehen. Ein Typ flüstert mir ins Ohr. Sehen Sie die Preise?, fragt er. Ich sehe sie auf einem Tisch auf der Bühne. Ich nicke. Das da ist Ihrer, sagt er, der große ganz hinten.

Ich sehe ihn. Mein Name wird aufgerufen.

Ich bekomme einen Job in Chicago, soll Regie führen bei einem Projekt für ein riesiges pharmazeutisches Unternehmen, irgendein seltsamer firmeninterner Hokuspokus. Das kann mir egal sein. Ich überwache Kamera, technischen Stab und Schauspieler und atme den Duft der weiten Welt in Chicago. Jeden Tag stehe ich vor dem Morgengrauen auf und jogge durch die Straßen der Stadt.

Wieder zurück bei meinem Bürojob weise ich einen der Direktoren vorsichtig darauf hin, dass die Firmenwebseite gehörig aufpoliert werden müsste, und zeige ihm meine Entwürfe. Machen Sie das, sagt er. Noch ehe das Jahr um ist, arbeite ich ganztags, bin verantwortlich für die gesamte Werbung des Unternehmens, auf Papier, im Radio, online und im Fernsehen. Auf dem wöchentlichen Meeting berichte ich über den neuesten Stand der Werbemaßnahmen. Auch die Frau, die so viel Spaß daran hatte, mir die undankbarsten Aufgaben zuzuweisen, ist da. Unsere Blicke kreuzen sich. Wir haben jetzt nicht mehr viel miteinander zu tun.

Ich fahre nach Ardee, in die Grafschaft Louth. Ich will Ruths Eltern um Erlaubnis bitten, ihr einen Heiratsantrag machen zu dürfen. Darauf lege ich großen Wert. Ich bitte die beiden nicht um Ruths Hand. Ich bitte um ihre Erlaubnis, *Ruth fragen zu dürfen.* Es ist meine moderne Auslegung der alten Tradition. So bin ich erzogen worden. Eltern zu respektieren.

Ich verlasse die Autobahn, fahre die Landstraße hinunter und komme zu der Kreuzung. Ich halte an. Links führt die Straße zu Ruths Eltern. Rechts ist die Straße, die ich noch nie gefahren bin.

Ich will Ruths Eltern fragen, ob ich ihre Tochter bitten darf, meine Frau zu werden. Für immer. Für den Rest meines Lebens. Ich bin starr vor Angst. Ich fahre nach rechts.

Ohne Sinn, ohne Ziel fahre ich die falsche Straße hinunter. Ich fahre weg von der Entscheidung, weg von der Verpflichtung. Die Straße beschreibt eine Kurve und gibt den Blick frei auf eine gerade Reihe von Pappeln linker Hand. Noch nie habe ich Pappeln in Irland gesehen. Eine Mauer aus Grün, zitternd im Wind. Ich fahre daran vorbei, schnell. Was mache ich hier? Ich komme ans Ende der Straße, wende und rase zurück, an den sich wiegenden Bäumen vorbei. Zurück zu der Kreuzung.

Ich halte an, öffne die Wagentür und setze den Fuß auf die Straße. Keiner zu sehen. Keine Menschenseele.

Da kommt ein Hund. Ein kleiner Terrier. Er trottet die

Straße hoch und bleibt vor mir stehen. Unsere Blicke begegnen sich. Beide wenden wir den Blick nicht ab. Mein Entschluss steht fest. Ich schlage die Wagentür zu und fahre die andere Straße hinunter.

Full Circle soll auf der legendären Filmhochschule der Universität von New York gezeigt werden, also reisen Ruth und ich nach New York. Wir verlieren unser Herz an die Stadt. Es ist einfach alles. Der Geruch der Stadt. Das Delikatessengeschäft direkt neben dem Hotel, geöffnet rund um die Uhr, eine herrlichere Salatbar haben wir nie gesehen. Oft füllen wir die Kunststoffboxen und nehmen die Sachen als Abendessen mit auf unser Hotelzimmer. Durchs offene Fenster das Geräusch hupender Taxis und die im Dunkeln immer heller strahlenden Lichter.

Noch nie in meinem Leben bin ich so nervös gewesen. Ununterbrochen muss ich daran denken, und Ruth hat keine Ahnung.

Das ganze Filmzeug hält uns auf Trab, Treffen mit

wichtigen Leuten, Filmvorführungen. Wir besichtigen die Freiheitsstatue, und ständig denke ich: Wie mache ich das bloß? Und wann? Wann?

Ich entscheide mich.

Ich wähle die Nummer, die mein amerikanischer Cousin mir gegeben hat. Es sind Freunde von ihm, die in New York City leben. Ich erzähle ihnen von meinem Plan und bitte um eine Restaurantempfehlung, weil ich nach dem Antrag mit Ruth essen gehen will. Ich reserviere einen Tisch.

Am Ende der Veranstaltung an der New Yorker Universität steht ein Mann auf und erklärt, vorherrschendes Thema der gezeigten Filme sei das Unbehagen am Leben. Ruth und ich sehen uns an. Wir, und mein kleiner Film über die Liebe, passen nicht hierher.

Tags darauf besichtigen wir das Empire State Building. Hier werde ich es machen. Es ist heiß, richtig heiß. Trotzdem trage ich die schwere Jacke, um den hineingeschmuggelten Champagner und die beiden *Ich-liebe-New-York*-Gläser zu verstecken. Beinahe wäre ich von Ruth erwischt worden, als ich das alles gekauft habe, aber es ist gerade noch einmal gut gegangen. Im Gebäude eine lange Schlange vor den Aufzügen, die ganz nach oben führen. Ich schwitze. Wieso ziehst du die Jacke nicht aus?, fragt Ruth. Geht schon, sage ich. Mir ist schlecht.

Mit der Warteschlange biegen wir um eine Ecke. Die Leute stehen vor einem Metalldetektor an, legen ihre Taschen auf ein Röntgenband. O Scheiße. Wenn sie verlangen, dass ich die Jacke ausziehe, stößt die Flasche klirrend irgendwo an und ist auf dem Monitor zu sehen, und dann weiß Ruth Bescheid. Wenn sie es an meinem seltsamen Benehmen nicht schon längst erraten hat. Mein Gott, ist mir heiß. Der Schweiß strömt mir übers Gesicht. Wir nähern uns dem Apparat und den Sicherheitskräften. Ich komme mir vor wie ein Terrorist. Ruth legt ihre Tasche aufs Band und geht durch. Sie werden mich festhalten und alles verderben. Aber nichts geschieht. Wir stehen im Aufzug. Ich lächle Ruth an, Schweiß sammelt sich in meinem Nacken. Sie muss mich für bescheuert halten.

Oben auf dem Empire State Building gehe ich, grün

wie Kermit der Frosch und auch mit ähnlicher Stimme, auf ein Knie hinunter und bitte Ruth, meine Frau zu werden. Sie sagt Ja.

Ich sage seinen Namen

Ruth hat Ja gesagt. Wir sind verheiratet. Ich verkaufe das Reihenhäuschen in Inchicore, und wir kaufen ein kleines Haus in Greystones, dem Küstenstädtchen in der Grafschaft Wicklow, in dem ich aufgewachsen bin. Wir richten uns häuslich ein. Mein Onkel Tony zimmert uns einfache Bücherregale für unsere vielen Bücher. Unser erstes Zuhause.

Neun Monate später wird Jack geboren. Unser Ältester.

Ruth und ich sind zurück auf der Station, wir betrachten unseren schlafenden Sohn. Ruth sagt, sie hat Kopfschmerzen. Es wird schnell schlimmer. Immer wieder wird ihr übel. Ärzte kommen. Zwei stehen am Fußende des Bettes, und Ruth stöhnt vor Schmerz. Sie beraten darüber, ob Ruth eine Tasse Tee trinken oder lieber doch etwas Paracetamol bekommen sollte. Ich fasse es nicht. Ruth fängt an zu schreien. Schwestern kommen angelaufen. Ruth packt meine Hand und sagt wieder und wieder meinen Namen. Simon, lass es aufhören. Simon, lass es aufhören. Ich schreie die Leute an, verlange, dass sie Ruth etwas gegen die Schmerzen geben. Ruth weint. Der Arzt sagt, sie können den Schmerz nicht ausschalten, das Ganze sei wahrscheinlich eine Reaktion auf die Epiduralanästhesie. Aber um ein Blutgerinnsel auszuschließen, müssten sie eine MRT machen. Der Krankenwagen steht bereit, sagt die Schwester. Was?, frage ich. Eine andere Schwester kommt zu mir, flüstert mir ins Ohr. Es gibt ein Problem mit der Atmung Ihres Sohnes, sagt sie. Wir müssen ihn auf die Intensivstation bringen. Was?, frage ich. Alles dreht sich. Ich sehe Mum bei der Tür stehen, lächelnd, mit Blumen in der Hand. O Gott, Mum, du gehst mit Jack, bleib bei ihm, sage ich. Dann gehe ich raus, folge Ruth zum Krankenwagen.

Ruth ist wahnsinnig vor Schmerzen, schweißgebadet. Wir rasen mit kreischenden Sirenen durch die Stadt, und sie brummelt meinen Namen.

Ich warte draußen vor dem Untersuchungszimmer, während sie bei Ruth die Tomographie machen. Die

Leute aus dem Krankenwagen bleiben bei mir. Sie haben keine Angst, mir in die Augen zu schauen. In den schlimmsten Momenten meines Lebens.

Mit Ruth ist alles in Ordnung, heißt es. Sie fahren uns ohne Sirene zurück durch die Stadt. Die Ärzte geben Ruth etwas, sie schläft sofort ein. Ich gehe rauf, mit Jack ist alles in Ordnung. Er ist so groß, dass er kaum in den Brutkasten passt. Am Tag darauf ist er wieder unten bei Ruth. Alles in Ordnung mit beiden.

Ruth kündigt bei Today FM. Sie will bei Jack zu Hause bleiben.

Ich gehe auf dem Klippenweg ganz in der Nähe unseres Hauses joggen.

Als Jack etwas älter ist, nehme ich ihn mit, halte ihn hoch, damit er die Züge sehen kann. Er ist ein Wunder.

Ich arbeite ganztags in der Werbeabteilung, und jede freie Minute beschäftige ich mich mit meinen Filmen. Mit *Full Circle* fahre ich zu verschiedenen Festivals. Außerdem arbeite ich an meinem neuen Film *The Sound of People*. Es ist ein Film über einen Moment im Leben eines Achtzehnjährigen, in dem er mit seiner Sterblichkeit konfrontiert wird. Es geht um die geistige und emotionale Reise, auf die er innerhalb von Sekunden geschickt wird. Sehr intensiv. Ausgangspunkt des Ganzen war ein Satz: ›Am Tag nach meinem Tod gibt es Internet.‹ Aus der einen Zeile entwickelte sich die ganze Geschichte. Ich wollte etwas machen, das von der üblichen narrativen Struktur abwich. Ich wollte einen Bewusstseinsstrom auf Film.

Raife kommt auf die Welt.

Keine Epiduralanästhesie. Keine Kopfschmerzen.

Ich fahre ihn in seinem Bettchen den Korridor hinunter zum Wiegen. Ruth schläft. Ich schaue zu, wie er schläft, wie er atmet. Wie eine Beschwörungsformel sage ich seinen Namen. Raife. Gute, sanfte Seele.

Ich beende *The Sound of People.* Ruth und ich beschließen, von Greystones wegzuziehen, damit wir uns ganz unserer Leidenschaft für den Film beziehungsweise das Schreiben hingeben können. Wir verkaufen unser Haus. Wir machen einen Plan.

❧

The Sound of People wird zum Sundance Film Festival eingeladen.

Nach einer Nacht im Haus eines Freundes im Stadtteil Rialto gehe ich ins Zentrum von Dublin. Ich höre ein merkwürdiges klatschendes Geräusch. Es ist mein Fuß auf dem Bürgersteig.

❧

North Cottage

Er erwartet uns am Tor, hält es auf, winkt uns durch. Wir fahren über den gefrorenen weißen Kies, kommen knirschend zum Halt. Der Immobilienmakler führt uns hinein. Es ist, als hätten die Besitzer gerade erst das Haus verlassen. Im Wohnzimmer prasselt ein Kaminfeuer, in der Ecke steht ein Weihnachtsbaum wie aus dem Bilderbuch. Wir befinden uns in einem zweihundert Jahre alten Cottage, in jeder Hinsicht liebevoll restauriert. Ruth und ich gehen schweigend von Zimmer zu Zimmer, und unser Schweigen kann nur eines bedeuten: Das ist es.

Ich verbringe meine Tage mit Anstreichen. Solange das Haus renoviert wird, wohnen wir bei Ruths Eltern. Ich bin also allein im Haus, Ruth kümmert sich bei ihrer Mutter um die Kinder.

Es gibt keine bessere Methode, ein Haus kennenzulernen, als es anzustreichen. Man ist auf Händen und Knien in jeder Ecke jedes Raums, und das Haus offenbart sich einem.

Dieses Haus, das Haus, das wir gekauft haben, liegt an der Grenze der Grafschaften Louth und Monaghan. Nirgendwo Nachbarn, nur Felder in allen Richtungen, so weit das Auge reicht. Wir haben etwa viertausend Quadratmeter. Acht kleine Apfelbäume stehen in Zweierreihen. Erdbeeren aus einem überwucherten Kräutergarten. Ein separates Gebäude, Garage mit Dachboden. Es gibt zwei Eingänge. Ein neues Holztor mit Kiesauffahrt und, auf der hinteren Seite des Cottage, die ursprünglichen Torpfosten, mit Moos bewachsen und fleckig vom Alter.

Die Bäume, die dem Cottage Schatten spenden, rauschen im Wind, und hinter der Hecke das leise, gedämpfte Aufschlagen der Hufe von Zugpferden.

Ich stehe im kühlen Inneren der Garage. Das hat mich gereizt, um ehrlich zu sein. Dieser freie Raum. Unser früheres Haus war nur unwesentlich größer. Eine blanke Fläche kahler Betonwände. Ein Fenster mit Blick auf den Garten. Der ideale Platz für einen Schreibtisch. Ich habe eine Vision. Ein Heimarbeitsplatz. Ein Heimkino. Den Speicher oben in ein Gästezimmer verwandeln. Hier unten ein Bad einbauen. Aus dieser Betonmuschel ein Atelier machen.

Ich streiche das Bad im Cottage. Die Decke. Meine Arme fühlen sich merkwürdig an. Als wenn es schwierig wäre, sie oben zu halten. Es vergeht. Ich stehe im Schlafzimmer, die zweiflügelige Tür öffnet sich auf den Garten. Ich bin fertig, habe das ganze Haus angestrichen. Kein Geräusch zu hören, nur die Bewegung des Windes. Und die Felder dehnen sich aus bis zum offenen Himmel. Wir ziehen ein und nennen das Haus North Cottage.

Sundance

Hier schneit es nicht, niemals. Seit dreißig Jahren lebe er in Atlanta, sagt er. Ich meine, ich habe Schneeregen und Hagel gesehen, sagt er und starrt aus dem Flughafenfenster, aber niemals dieses flauschige, schwebende Zeug. Panik in Atlanta: Schnee.

Auf Reisen gehen und Stunden zählen. Acht Stunden über den Atlantik. Und dann? Weitere fünf bis Salt Lake City. Welche Zeitzone ist das? Wie viele Stunden noch vor uns, wie viele hinter uns? So tun, als wäre es Ortszeit.

Beim Landeanflug auf Atlanta freue ich mich zum ersten Mal auf das Sundance Festival. Nur noch einen Flug entfernt. Ein Blick aus ovalen Fenstern, leichter Schneefall, wie der Beginn von etwas. Und doch. Schnee in Atlanta?

Wir bekommen unseren Anschlussflug, und alle reden über das Wetter. Die Toilette wird freigegeben, das Licht wird gedimmt, und es fühlt sich an wie Weihnachten. Eine Gruppe junger Männer mit ähnlichen Anzügen und ähnlichen Krawatten sitzt zusammen, wie ein Team. Sie tragen Schilder mit der Aufschrift *Jesu Christos* unter dem jeweiligen Namen: *Ältester Jepson*; *Ältester Koons*. Keiner älter als Anfang zwanzig. Eine lebhafte Truppe, sie lachen und machen Witze. Sind auf dem Nachhauseweg.

Wir rollen weg vom Terminal und bleiben gleich wieder stehen. Es schneit immer noch. Der Kapitän teilt uns mit, dass alle Flugzeuge enteist werden müssen, und erklärt uns die Vorgehensweise. Es ist kompliziert und betrifft auch die Tragflächen und die Räder. So etwas sind wir hier in Atlanta nicht gewöhnt, erklärt er uns, es könnte also eine Weile dauern. Panik in der Luft: Schnee. Nach einer Stunde warten auf dem Rollfeld erklärt der Kapitän, wir müssten uns jetzt mit unserer Maschine anstellen für die Enteisungsprozedur, und zehn Flugzeuge seien insgesamt abzufertigen. Wir sind die Nummer zehn.

Es vergehen Stunden. Der Kapitän hält uns auf dem Laufenden über unsere Position in der Reihe. Siebter Platz. Kinder stehen auf und rennen im Mittelgang herum. Sechster. Ein Mann auf der anderen Seite vom Gang schreit eine Flugbegleiterin an. Vierter. Zwei Männer klappen ein Dominobrett auseinander und spielen quer über den Mittelgang hinweg. Zweiter. Eine Frau weint, sagt etwas über ihre Tochter. Die Füße eines schlafenden Jungen sind auf den Gang gereckt. Seit sieben Stunden sind wir in dem Flugzeug. Erster Platz: Leute jubeln. Wir setzen uns in Bewegung. Der Kapitän macht sich über die Bordsprechanlage bemerkbar. Ich habe leider schlechte Nachrichten, Leute, sagt er. Schweigen. Unsere Dienstzeit ist zu Ende, ich bedaure, wir müssen zum Terminal zurückkehren. Schweigen. Die Leute sind so verblüfft, dass sie sich nicht einmal mehr beschweren können. Unfassbar, das Ganze. Die Maschine rollt zurück.

Eltern tragen schlafende Kinder aus dem Flugzeug. Es ist zwei Uhr morgens. Im Terminal geht es zu wie in einem Flüchtlingslager. Hunderte von Menschen gestrandet. Die längste Warteschlange, die ich je gesehen habe, bewegt sich in Zickzacklinien auf den Schalter einer Fluggesellschaft zu. Dahinter sitzen zwei junge Frauen. Ich höre mich unter den Leuten um. Keiner weiß, weshalb sie sich alle hier anstellen. Um Flüge umzubuchen, sich ein Hotelzimmer zuweisen zu lassen oder Informationen zu erhalten. Ich gehe ganz nach vorn und frage eine der Frauen nach dem Zweck der Warteschlange. Sie verweigert die Antwort, sagt, ich müsse mich hinten anstellen. Aber sagen Sie mir doch bitte einfach, wozu die Warteschlange gut ist, sage ich. Tut mir leid, Sir, Sie müssen sich hinten anstellen.

Ich bleibe beharrlich. Sie ruft die Polizei. Auf ihrem Walkie-Talkie. Aus einer Meile Entfernung sieht man sie ankommen. Vier Männer. Polizeimarken, Waffen. Ich verschmelze mit der Menge.

Eine Ankündigung der Fluggesellschaft: Alle Hotels in der Umgebung von Atlanta sind ausgebucht. Die ganze Nacht liegen wir auf dem gefliesten Boden in dem Flughafengebäude. Kinder schlafen mit dem Kopf im Schoß ihrer Eltern. Ältere Paare sitzen einfach da, starren vor sich hin, können keinen Schlaf finden. Hunderte von Menschen füllen die Gänge, ihre Koffer und Taschen benutzen sie als Kopfkissen. Die Fliesen sind kalt.

Früh am nächsten Morgen gehe ich zurück in die Hauptabflughalle. Leute schlafen zusammengerollt auf dem Boden. Der Rest der riesigen Warteschlange. Sie haben Angst, dass sie ihren Platz verlieren. Eine weitere Ankündigung der Fluggesellschaft: Reisende von Transatlantikflügen sind automatisch auf die nächsten verfügbaren Flüge gebucht worden. Wir verlassen Atlanta.

Main Street, Park City, Utah. Nacht auf dem Sundance. Eine wogende Menschenmenge. Kameras, auf die Straße gerichtet. Jeder denkbare Winkel voller Kameraleute, die nach hinten zeigen. Einfangen, das wollen sie: den Moment, die Stars, kostenlose Produktplatzierung. Die Main Street auf dem Sundance ist eine Feuertaufe. Wie eine nächtliche Busfahrt durchs Zentrum von New Delhi oder – wie ein Passant es ausdrückt – ein nuklearer Winter im Karnevalstreiben von New Orleans. Es schneit – wattige Flocken –, und die Höhenlage verkürzt den frostigen Atem. Auf den Straßen häuft sich der Schnee, und zwischen den Gebäuden – in der Dunkelheit jenseits der Main Street – Hügel und Berge von unwirklicher Schönheit.

Die Menschenmenge brodelt vor Erwartung. Vor Hunger. Vor fast greifbarer Begierde, den Ruhm aufzusaugen, der sich, so wissen alle, in teuren Restaurants überall um sie herum versteckt.

Schwärmerei war immer schon ein problematisches Konzept für mich. Kreischende Menschenmengen auf Rockkonzerten. Der Verdacht, Personenkult könne Ausdruck des Wunsches sein, Verantwortung an andere abzugeben. *Der König ist tot, es lebe der König.* So etwas in der Art. Sundance zwingt einen, über Ruhm und Kunst nachzudenken.

Am oberen Ende der Main Street, auf dem Gipfel des

Wahnsinns, komme ich an einem Kellerlokal mit Namen *The Music Café* vorbei und gehe hinein. Es ist gerammelt voll, und eine Frau singt. Jegliche Beleuchtung ist ausgeschaltet, außer den Spots für die Bühne, und wir sitzen im Dunkeln, hören zu. Sie rückt mich an Ort und Stelle. Bringt mich zum Schweigen, zwingt mich dazusitzen, so aufmerksam wie nur möglich zu lauschen. Mir wird klar, es ist keine Schwärmerei, wenn man jemandem auf diese Weise zuhört. Es ist Inspiration. Deshalb sitzen wir im Kino im Dunkeln oder kreischen auf Konzerten. Es ist Jubel.

Robert Redford hat einmal erklärt, er habe das Sundance Festival nach Park City in die Berge geholt, damit ›man ein bisschen schwierig hinkommt und es ein bisschen verrückt ist‹. Der Schnee in Atlanta sorgte für Ersteres. Und was das Verrückte angeht, nun, der Schlupfwinkel in den Bergen brummt vor Verrücktheit.

Die Lage hoch oben in den Bergen schützt nicht vor Kommerz, aber beim Sundance Festival geht es um Menschen, die Film lieben. Ob man Fan ist oder nicht, ist Ansichtssache. So wie es auch Ansichtssache ist, wie man einen bestimmten Film findet. Ich habe Filme gesehen, die mich umwarfen und mich aufrichteten. Also ja, ich bin Fan.

Ich hatte keine Erwartungen, als ich herkam. Ich wusste nichts, hatte nur eine gewisse Vorstellung von Sundance, wie die anderen auch. Ich habe hier Dramen und Dokumentarfilme gesehen, die mich bewegt und mich vorangebracht haben. Und weil ich mit einem eigenen Film hier bin, stellt sich mir zwangsläufig die Frage, ob mein Kurzfilm jemanden auf diese Weise bewegen wird. Beängstigend.

Am Vormittag bin ich in Robert Redfords Haus in den Bergen eingeladen.

Keine Medien, keine Produzenten, nur Regisseure. Wir fahren alle mit dem Bus, sämtliche Regisseure des Festivals. Das Haus ist von einem hellen Holzton und hat ausladende Fenster, die das ausgedehnte Weiß von draußen hereinlassen. Es ist ein üppiges Büffet aufgebaut. Als wir gegessen haben, kommt Robert uns begrüßen. Er spricht mit uns über das Festival, darüber, was es ihm bedeutet, wie wichtig Film und das Regieführen für ihn ist. Ich höre zu und höre nicht zu, sauge die Helligkeit des Raumes auf. Danach werde ich ihm vorgestellt, und wir reden über Dublin, überall um uns herum Leute. Ich lerne Quentin Tarantino kennen, und er spricht in abgehacktem Stakkato. Ich überreiche ihm eine Kopie meines Films, und er legt sie auf den Tisch neben sich, zuoberst auf einen gewaltigen Stapel.

Ich stapfe über die Straße, auf der sich hohe Schneehaufen türmen. Ich trage Stiefel, und der Schnee fällt schwer und dick. Ich komme gerade aus einer Vorführung meines Films im Egyptian Theatre auf der Main Street. Und ich stehe unter Strom. Ich beschließe, ein Stück zu laufen, hinaus aus der Stadt, in den Schnee hinein. Es gibt Geschäfte hier, und ich will Geschenke für zu Hause kaufen. Ich gehe um die Ecke einer breiteren Straße, der Schneesturm nimmt inzwischen gewaltig zu. Mir gefällt es hier. Zum ersten Mal in all den Jahren, in denen ich vom Filmen träume, fühle ich mich wie ein richtiger Filmemacher. Ich komme zu den Geschäften am Ende der Stadt und trete vom Fußweg in einen Hauseingang, von wo ich bei meinen Eltern anrufe. Meine Mutter geht an den Apparat, und ich höre ihre Stimme, während ich die Autos auf der Straße langsam durch den Schneesturm fahren sehe. Ich sage ihr, dass mir der Fuß wehtut, dass irgendetwas mit dem Fuß nicht in Ordnung ist. Aber wir reden ganz normal darüber, beide sind wir nicht besorgt. Anschließend gehe ich zurück Richtung Stadt.

❧

An dem Abend gehe ich auf eine Party in einem Berghotel. Es ist schon spät, als ich auf eine Zigarette auf den Balkon hinausgehe (sagen Sie meiner Frau nichts davon). Es ist Vollmond, und die Berge sind in ein blaues Licht gehüllt, das den Schnee schimmern und glänzen lässt. So etwas habe ich noch nie gesehen.

❧

Schmerz

Ruth erleidet eine Fehlgeburt. Wir sind beide am Boden zerstört.

Für mich ist es eine merkwürdige Zeit. Ständig denke ich an meinen Fuß. Ich suche Rat bei einem Neurologen.

Am Tag nach der Fehlgeburt fahre ich vom North Cottage nach Dublin, um einen Test, ein sogenanntes EMG (Elektromyogramm), machen zu lassen. Wir stehen bereits unter erheblichem Druck und Stress, haben Sorgen.

Ich sitze allein im Auto, fahre über die M1 und bin wütend, weil ich gesehen habe, wie viel Kummer Ruth die Fehlgeburt gemacht hat.

Ich glaube, so wütend bin ich noch nie gewesen.

Und trotzdem fühle ich mich distanziert davon, fühle nichts. Und weil ich so empfinde, verdoppelt sich meine Wut, und ich schäme mich.

Und ich sage etwas.

Ich sage, ich hoffe, es wird wehtun.

Ich hoffe, diese Prozedur, der ich mich unterziehen werde, wird mir Schmerzen bereiten.

Denn ich will Schmerzen spüren. Für Ruth, für mich, für diesen Verlust, den wir erlitten haben.

Ich schreie es in die Welt hinaus, schleudere es durch die Zähne den Wolken entgegen.

Das war ein Fehler.

Die Prozedur stellte sich als der schlimmste Schmerz heraus, den ich je erlebt habe.

Jemand muss mich erhört haben.

Es heißt, es ist unmöglich, sich an Schmerzen zu erinnern.

An das hier werde ich mich nie nicht erinnern.

Er sticht mir lange Nadeln direkt in die Nerven. Wie der Moment, in dem der Zahnarzt aus Versehen an einen Nerv kommt. Nur dass das hier Absicht ist, und er kommt nicht nur kurz daran, er treibt die Nadeln tief hinein. Es gibt keine Möglichkeit, den Schmerz dieser Prozedur zu vermeiden, denn es ist das Wesen des Schmerzes selbst. Nadeln in Armen und Beinen. Und ist er mitten im Nerv, mitten in der weißen Blindheit des Gefühls, weist er mich an, das Körperglied zu bewegen, das an diesem

Nerv hängt. Und dann ist es die Art Schmerz, der meinen Körper sich nach einer Ohnmacht sehnen lässt.

Ich stehe von dem Tisch auf, und meine Kleidung klammert sich vollgeschwitzt an mich.

Laufen

Im März heiratet meine jüngere Schwester Kate. Es ist die schönste Hochzeit, auf die ich je eingeladen war. Unter meinem Strumpf trage ich eine Schiene, die meinen Fuß stützen soll. Am zweiten Tag der Feierlichkeiten bekomme ich eine SMS. Mein Film *The Sound of People* hat den ersten Preis beim Filmfestival von Belfast gewonnen.

Ich tanze zum letzten Mal.

Bergerac. Wir machen Urlaub mit meinen Eltern und der Familie meiner älteren Schwester.

Niemand spricht über meinen Fuß, aber wir wissen alle, dass etwas kommen wird. Es ist wie eine bewusste Urlaubsfahrt in die Unwissenheit.

Ruth steht unter großem Druck. Es ist genau diese Unwissenheit: Sie ist ein Gewicht, ein Schweigen zwischen uns. Andererseits wollen wir es gar nicht wissen.

Wir spielen Spiele, so gut wir können.

Wir sitzen im Gras, und ich bekomme einen Anruf. Mein Film hat den großen Preis der Jury auf dem Festival Opalciné in Paris gewonnen. Und ich erfahre, dass der legendäre französische Schauspieler Dominique Pinon in der Jury saß. Ich lege mich im Gras zurück.

Einmal regnet es, und ich trage Jack zwischen den beiden Häusern hin und her. Ich halte ihn hoch und laufe durch den Regen. Er klammert sich an mich, als der Regen laut durch das Laub platscht. Die fragile Grenze zwischen Stärke und Schwäche, zwischen dem Halten von Jack und dem Fallenlassen von Jack: Ich spüre sie. Das letzte Mal. Und die Zeit verlangsamt sich. Ich laufe in Sandalen über weiche Erde und Laub, konzentriere all meine Kraft darauf, Jack nicht fallen zu lassen. Keiner sonst in unserer Nähe. Er vertraut mir voll und ganz. Wir laufen unter den Bäumen herum. Wir schaffen es ins Haus.

Er sagt es mir

Wir überqueren den Gletscher um Mitternacht. Auf und ab wippende Stirnlampen, eine hinter der anderen, in einem Meer aus Dunkelheit. Eispickel, Steigeisen und ein Schlauch mit Wasser über meiner Schulter. Und mehr Sterne, als ich je für möglich gehalten habe. Dies ist der Weltraum. Wir klettern durch die Nacht.

Die Sonne ist aufgegangen, und ich sehe, wo ich bin. Ich befinde mich in gut sechstausend Meter Höhe auf einem Berg im Himalaya, liege auf einer ein Meter zwanzig breiten Brücke aus Schnee und Eis, die auf den Gipfel führt. Wir sind eine Stunde von der Bergspitze entfernt, und so erschöpft habe ich mich in meinem ganzen Leben nicht gefühlt. Ich versuche, mich zu bewegen. Zu beiden Seiten geht es steil in die Tiefe. Ich erstarre. Was mache ich hier? Und dann spüre ich es. Unmittelbar und Übelkeit erregend in meinem Magen. Die schockierende

Schlichtheit des Ganzen tief in mir. Wenn ich stürze, stürze ich zu Tode. Keiner kann mir hier helfen. Ich bin allein. Mit der Erkenntnis kommt ein Gefühl, das ich vorher nicht gekannt habe. Oft habe ich darüber nachgedacht, aber gefühlt habe ich es nie. Tod. Mein Tod. Er ist mir so nah wie die steilen Abhänge zu beiden Seiten. Er ist überall um meine Ohren. Ich muss mich bewegen. Ich fange an zu klettern.

Ich bin in seinem Sprechzimmer, und er sagt es mir. Das Licht verlässt den Raum. Und die Luft. Und alles Geräusch. Und die Zeit. Ich sitze auf einem Stuhl ihm gegenüber, aber ich bin weit weg. Tief in mir drin. Ich schaue auf, durch einen Tunnel in mir, als er nach diesen Worten weiterspricht. ›Es bleiben Ihnen drei bis vier Jahre.‹ Ich höre ihn nicht. Ist das mein Leben? Spricht er über mich? Ich verlasse den Raum, überall um mich herum dieser Tunnel, und stehe vor meiner Frau im Wartezimmer. Die Farbe weicht ihr aus dem Gesicht. Neben ihr sitzt ihr Vater. Sie kommen mit ins Sprechzimmer, und er sagt ihnen dasselbe. Ich höre ihn nicht. Ruth fängt an zu weinen. Zehn Minuten später stehen wir auf der Straße. Wir wissen nicht, was wir machen sollen, deshalb machen wir, was wir vorher schon geplant hatten. Wir gehen essen. Ruths Vater wird uns hinterher abholen. Wir bewegen uns durch die Straßen wie die Überlebenden eines heftigen Einschlags. Bleiche, gepuderte Gespenster. Wir erreichen das Restaurant. *Dunne & Crescenzi* auf der South Frederick Street. Unser Lieblingslokal. Ich stelle mich draußen in einen Hauseingang und rufe meine Eltern an. Es ist das schlimmste Telefongespräch meines Lebens. Ich erzähle ihnen alles, schnell, höre die Panik in meiner Stimme. Später werde ich mich bei ihnen fürs Kommen bedanken, wenn sie bei uns zu Hause eintreffen, und sie werden mich ansehen, als sei ich verrückt, und ich werde zum ersten Mal begreifen, dass nichts mehr so ist wie vorher. Wir betreten das Restaurant. Setzen uns hin wie die anderen Leute auch. Wir sitzen da, wissen nicht, was wir machen, was wir sagen sollen. Der Kellner kommt und spricht uns an. Ruth fängt an zu weinen. Es ist alles unter Wasser, und ich höre nicht, was er sagt. Ruth ist schwanger mit unserem dritten Kind.

Wir sind Waisenkinder des Universums. Unsere Spezies ist eine, die sich durch das Stellen von Fragen definiert, Fragen ins Dunkel hinein, und keiner führt uns, nur wir sind da, um uns gegenseitig zu führen.

Die Zeit ist ein Taschenspielertrick. Von weit außen betrachtet, sieht es so aus: Wir leben eine gewisse Zeitspanne, die wir in Minuten, Stunden und Sekunden, in Geburtstagen und Jubiläen messen. Aber wir leben nicht außerhalb von uns selbst: Wir sind mittendrin. Wir leben in Anläufen und Ansätzen und Sprüngen, wie im Traum. Und das Leben, das wir bewohnen, wird in Momenten gemessen, ungeachtet der Zeit. Wie wir leben, ist merkwürdig und ungewiss und auf keiner Landkarte verzeichnet.

Wenn in einem Film ein Arzt einem Patienten eröffnet, dass er nur noch eine gewisse Zeit zu leben hat, setzt dies meist eine Entdeckungsreise in Gang, eine Suche nach Wahrhaftigkeit und Erlösung. In einem meiner Lieblingsfilme, *Joe gegen den Vulkan*, geht Joe Banks, als er erfährt, dass er eine ›Wolke im Gehirn‹ hat, nach draußen und umarmt einen großen Hund, und dann tut er genau das, was er seit Jahren schon tun wollte: Er lebt sein Leben.

In diesen ersten Tagen danach denke ich oft an ihn.

Denke daran, wie dieser Moment, über den ich immer gelacht hatte, mein Leben geworden war. Was jetzt? Was soll ich nun machen? Und ganz schnell wird es mir klar. Plötzlich weiß ich, was der Unterschied zwischen mir und Joe Banks ist, zwischen den ganzen Geschichten und meinem Leben. Ich bin glücklich. Ich bin genau da, wo ich sein will, tue genau das, was ich tun will, mit genau den Menschen, mit denen ich zusammen sein will. Es ist eine regelrechte Erleuchtung, wenn man jenseits allen Zweifels entdeckt, dass man glücklich ist. Und dahin hat der Tod mich gebracht.

Der Tod. Auf meiner Schulter. In meinem Kopf. Im Garten. An der Tür zu meinem Arbeitszimmer. In jedem Blick meiner Frau. Mein neuer Gefährte: das Ende meines Lebens.

Wir leben im North Cottage, mit unseren beiden kleinen Jungen Jack und Raife. Wir waren hierher gezogen, damit wir das Leben führen konnten, das wir führen wollten. Ich arbeitete an meinen Filmen, Ruth schrieb ihren ersten Roman, und die Jungs hatten einen Garten zehnmal so groß wie der bei unserem vorigen Haus. Wir hatten einen Plan. Und er funktionierte. Wir waren glücklich.

Aber das war vorher. Dies ist danach. Noch nie habe ich mich so zerrissen gefühlt, doch jetzt hat sich eine Verwerfungslinie zwischen unserer Vergangenheit und unserer Gegenwart aufgetan. Und es gibt kein Zurück mehr. Der Tod, der vorher an irgendeinem fernen Horizont lebte, steht jetzt in unserem Wohnzimmer. Wir sind verloren, inmitten der vertrauten Dinge unseres Lebens. Ruth und ich weinen viel, nachts, im Bett.

Die Menschenzeit wird nicht mit Weckern und Uhren gemessen. Die Zeit wird langsamer, die Zeit wird schneller, und das Geheimnis der Frage, wie wir leben, ist stets präsent, auch wenn wir es uns anders wünschen. Unser Leben ist nicht das Erbe, das wir zurücklassen, auch nicht der Wert der Arbeit, die wir leisten. Unser Leben spielt sich ab zwischen den Handlungen und den Gedanken, die uns ausmachen. Wir alle fühlen es, das Geheimnis, das Befremdliche des Lebens auf Erden. Des Lebens und des Todes. Wir spüren es, wenn wir auf Reisen sind, wir spüren es, wenn wir zu Hause bleiben. Wir spüren es, wenn ein geliebter Mensch stirbt oder ein geliebter Mensch geboren wird. Ich bin sicher, wir alle sehnen uns nach mehr Gewissheit, als wir haben, aber das ist nicht das Leben des Menschen. Das ist das Ticken der Uhr.

Wenn einem jemand mitteilt, dass man innerhalb einer gewissen Zeit sterben muss, wird das Leben langsamer. Das Leben wird bestimmt vom letzten Mal. Ist dies das letzte Mal, dass ich meinen Söhnen ein Buch vorlesen werde? Und wenn nicht das letzte Mal, wie oft dann noch? Wie oft? Alles wird intensiver. Ich stehe draußen im Dunkeln, schaue durchs Fenster ins Cottage hinein und sehe meinen Sohn spielen. Ich bleibe da stehen, bis ich die Kälte in den Knochen spüre und mich frage: Ist dies das letzte Mal, dass ich hier stehe? Ich bin in meinem Leben und gleichzeitig außerhalb davon, bin im Augenblick und bin mir der Bedeutung jedes Augenblicks bewusst.

Ich kann von Glück sagen: In diesen intensiven Momenten brennt sich mir die Erfahrung ins Gedächtnis ein. Ich laufe Raife hinterher und denke: Laufe ich jetzt gerade zum letzten Mal? Also werde ich schneller. Ich laufe und hinke dabei, das Laufen mit voller Geschwindigkeit wird so zu einer Reihe langer Hüpfer und Sprünge. Aber ich laufe, übers Gras, meinem Sohn hinterher, der sich vor Lachen nicht halten kann, in dieser Begeisterung vermischt mit Angst, als wir Fangen spielen. Und ich behalte es im Gedächtnis. Die Angst vor dem letzten Mal hält jede einzelne Sekunde fest. Was ein großes Glück ist, denn es ist das letzte Mal. Und wenn man etwas von so großer Bedeutung für das eigene Leben verliert, muss man es unbedingt im Gedächtnis behalten, damit man nicht verrückt wird, damit der Schmerz, den man spürt, einen Gegenpart hat, etwas, das einem ganz entschieden sagt: ›Das war wirklich.‹ Dann besitze ich es, ob ich nun froh oder traurig darüber bin, für immer.

Die Hoffnungsvollen und die Verzweifelten

Meine Familie und ich sind fest entschlossen zu beweisen, dass die Diagnose falsch war, oder aber eine Behandlung zu finden. Deshalb folgen wir jeder nur denkbaren Spur. Jeder möglichen Krankheit mit täuschend ähnlichen Symptomen, jedem alternativen Bluttest, jedem Experiment im Versuchsstadium. Es ist ein weiter Weg, aber er gibt uns Hoffnung, eine Perspektive, auf die wir unseren Blick richten können, weg von dem Leben, das in Trümmern um uns liegt. Denn so ist es nun mal mit dem Tod, das droht der Tod uns an: Es geht nicht nur um einen selbst, mit hineingezogen werde alle, die einen lieben. Das Leben all dieser Menschen ist zum Erliegen gekommen.

Ich stürze mich mit aller Kraft in die Therapie. So werde ich definitiv nicht sterben. Das ist nicht mein Leben. Ich suche Heiler überall im Land auf, fahre über holperige Straßen und zu Wohnmobilen auf Ytong-Fundamenten. Und da sitzen die Hoffnungsvollen und die Verzweifelten draußen in ihren Autos, betrachten ängstlich den Nieselregen, warten, bis sie an der Reihe damit sind, in die muffige Mischung aus Katholizismus und Mystizismus zu treten, warten auf den Tausch von Bargeld gegen Hände, die heilen, auf ein merkwürdiges Stückchen Papier mit weiteren getippten Instruktionen, bei denen es um Hausmittel und Gebete geht.

Ruth und ich fahren nach Letterkenny, um einen Heiler aufzusuchen, den meine Mutter ausfindig gemacht hat. Wir treffen uns mit ihm in einem Hotel. Stellen uns mit anderen in der Lobby in eine Reihe. Mit einer Mutter mit kleinem Sohn. Einem Mann. Im Raum hat der Heiler vergilbte Zeitungsausschnitte überall an die Wand gehängt, und über den Bildschirm des Fernsehers geistern von einer alten VHS-Kassette die zerkratzten Bilder einer Dokumentation. Alles Beweise für die heilenden Kräfte dieses Mannes. Alles zeigt einen deutlich jüngeren Mann.

Ein netter älterer Herr. Er vollführt seinen Hokuspokus, berührt meinen Kopf mit geweihtem Wasser. Dann gehen wir, sind nicht schlimmer dran als vorher, und essen in einem kleinen vegetarischen Bistro auf dem Hügel zu Mittag.

Ruth und ich lieben alles Seltsam-Unheimliche. So sind wir eben, es ist genau die Art Humor, den wir gemeinsam haben. Wir gehen danach auf die Suche, im Leben, in Filmen und in Büchern, suchen nach diesem einzigartigen Clou an den Dingen, der uns einfach reizt. Und das hier ist seltsam und unheimlich auf allerhöchstem Niveau. Aber wir lachen nicht. Wir sprechen die Wahrheit darüber nicht aus. Wir sind auf der Suche nach Hoffnung, und wir sind verzweifelt.

Der Heiler sagt, ich sollte ihn lieber noch einmal aufsuchen (Betrug), und Ruth und ich nehmen nur allzu gern die Fahrt nach Galway auf uns, damit wir am nächsten Tag den Termin mit ihm wahrnehmen können. Wir nehmen uns ein Zimmer in dem Hotel, in dem auch er sein wird, und gehen mit Kate und Pierre-Yves, meiner Schwester und ihrem Mann, die in der Stadt wohnen, zum Abendessen. Ein regelrechtes Fest.

Am nächsten Morgen fahre ich mit dem Aufzug nach unten und begebe mich in den Raum, in dem der Heiler abgestiegen ist. Er vollzieht seine üblichen Mätzchen, und ich gebe ihm Geld, bedanke mich bei ihm und gehe. Er hat in den Raum Muffigkeit und Einsamkeit getragen. Er reist herum wie ein zerbrochenes Stückchen Irland, mit einem Koffer voller dogmatischer Überzeugungen, und wünscht sich genauso verzweifelt zu glauben wie die Leute, die ihn aufsuchen.

Dreimal die Woche mache ich Reiki außerhalb von Drogheda mit einer Buchhalterin. Nebenbei hält sie Sitzungen bei sich zu Hause ab. Ich habe ein gebrauchtes Golf-Cabrio, und mit aufgeklapptem Verdeck fahre ich dreimal die Woche über lange, baumbestandene Straßen am Wasser lang. Es ist herrlich. Es ist einfach nur gut. Und so ertappe ich mich bei dem Gedanken, dass ich diese Erfahrungen nicht missen möchte, dass ich es gar nicht anders hätte haben wollen. Nach einer Sitzung komme ich heraus, und die Welt ist lebendig und grün und voller Hoffnung. Es ist ein Anfang.

Ich lese Bücher über Leute, die sich selbst von Krebsgeschwüren heilen konnten, die die Größe von Basketbällen hatten. Lese, dass Krankheiten unterdrückte Gefühle sind, die sich auf der Ebene von Körperzellen zum Ausdruck bringen. Und in allen Büchern derselbe Refrain: Du bist die Ursache, du bist die Heilung. Auf der Stelle beschließe ich, dass ich etwas daran tun muss, sollte ich in irgendeiner Weise der Verursacher sein.

Die klassische Freudsche Analyse: Ich liege auf dem Sofa, die Psychiaterin sitzt hinter mir im Halbdunkel mit Notizblock und Kugelschreiber. Ich stürze mich hinein, gebe alles, was ich habe, bin entschlossen, jegliche emotional schädliche Aktivität aufzudecken. Ich zerfleische mich. Erkunde jeden intimen und emotional peinlichen Winkel meines Bewusstseins und spreche alles laut aus. Und das in der Hoffnung, es möge mir gut tun. Die Angst vor dem Tod nimmt mir die Angst vor allem anderen. Ich steigere mich so richtig hinein.

Einmal die Woche gehe ich hin, doch die Fortschritte lassen lange auf sich warten. Zu lange. Ich zwinge mich zu reden, alles herauszulassen, hoffe auf einen Durchbruch wie in dem Film *Good Will Hunting*. Aber es klappt nicht. Es tut gut, aber meiner inneren Stimme kann ich nicht entfliehen. Also höre ich auf. Meine Psychiaterin reagiert darauf nicht so gut. Offensichtlich bin ich der erste Patient, der von sich aus aufhört, und darüber ist sie alles andere als glücklich. Ich habe ihr gesagt, es gehe meiner Meinung nach zu langsam voran, ich brauchte etwas, das ein wenig schneller wirkt. Ich habe ihr gesagt, nicht sie sei verantwortlich dafür, sondern ich. Im Grunde wollte ich Folgendes sagen: Hätte ich zehn Jahre, würde es bestimmt wunderbar funktionieren. Aber diese zehn Jahre habe ich nicht.

Ich gehe zu einer Frau, die einen Kursus auf Grundlage eines der Bücher gibt, die ich gelesen habe. Es heißt

Die Reise. Die Autorin behauptet, sie habe sich selber einen Tumor von der Größe eines Basketballs wegtherapiert. Es war mir peinlich, als ich es in der Buchhandlung kaufte, vielleicht weil ich an vielen dieser Bücher zweifle, aber von allen Büchern sprach dieses mich an.

Das Haus der Frau ist ein Bungalow im Wald. Ich sitze in ihrem Wohnzimmer, und sie legt mir eine Decke über den Schoß. Ich mache die Augen zu, horche auf den Klang ihrer Stimme. Nur Minuten später weine ich, dann schluchze ich sogar. Momente meiner Vergangenheit nehmen Form vor meinem inneren Auge an, Momente des Schmerzes, der Demütigung, der Verzweiflung. Und ständig ist da ihre Stimme, die mich drängt weiterzugehen, tiefer zu gehen. Als Kind zwang ich mich einmal, im Stockdunkeln über ein Feld zu gehen, weil ich solche Angst hatte. Ich ging in die Dunkelheit und fand ein Feld ganz erleuchtet von Sternen. Und so sitze ich im Sessel dieser Frau und weine wie ein Kind, und danach gibt sie mir Suppe.

Ich bin auf der Auffahrt, steige in mein Auto, und sie steht an der Haustür und sagt: Jetzt schauen Sie Ihren Ärzten ins Gesicht, wenn sie ihre Tests machen, und sehen Sie.

Ich habe es geschafft. Ich habe mich von allen schädlichen Emotionen befreit.

Beim Reiki am nächsten Tag legt mir die Trainerin die Hände auf und fragt: Was haben Sie gemacht?

Ich brenne.

Ergebnis von allem ist, dass ich emotional und spirituell der wohl gesündeste Mensch mit Amyotropher Lateralsklerose bin, dem Sie je begegnen werden. Aber das ist ohne Wirkung auf das Voranschreiten der Krankheit. Sie schreitet voran, zieht ihr eigenes Ding durch, arbeitet nach ihren eigenen Zeitvorstellungen.

Arden

Ich humpele jetzt stark. Alles liegt im Schatten meiner Krankheit. Und doch leben wir. Es ist ein Schatten, ein Vorgefühl. Körperlich hat sich bei mir im Grunde nichts verändert, außer dass ich humpele. Und alles hat sich verändert.

Ich arbeite an dem Atelier. Ich bestelle Handwerker. Die Garageneinfahrt muss zugemauert, dann verputzt werden, ein Bad wird eingebaut. Ich kaufe die Heimkinogeräte von Richter Sounds in Belfast, die nettesten Leute, mit denen man überhaupt nur Geschäfte machen kann. Ich laufe zwischen den Kabeln und Gerätschaften der Handwerker herum, messe den Platz für die Lautsprecher aus. Mathematik war nie meine Stärke, aber nachts arbeite ich im Atelier, auf Händen und Knien, ziehe Kreidestriche auf dem Fußboden, berechne das exakte Dreieck zwischen Sitzplatz und Bildschirm. Kinder sitzen so dicht vor dem Fernseher, damit der Bildschirm ihr komplettes Gesichtsfeld füllt und sie sich ganz vertiefen können. Dasselbe Prinzip. Es ist die Liebe zur Sache.

Ich stapfe mit meinem Maßband zwischen den zusammengerollten Drähten und den Handwerkern herum, als ich die Stimme des Bauleiters neben mir höre: Sie humpeln aber ganz schön heftig.

Das ist mir peinlich. Im Eifer des Gefechts hatte ich vergessen, dass ich wie Quasimodo hinke. Ich hab mir den Rücken verletzt, murmle ich.

Der Anruf kommt. Wie ein Irrer rase ich durch die Stadt. Es ist mitten in der Nacht. Ich finde einen Parkplatz auf dem Gelände des Coombe Hospital. Ich wappne mich und steige aus dem Wagen. Der Weg vom Parkplatz zum Krankenhauseingang ist länger, als ich gedacht hatte. Ich betrachte das Gebäude vor mir, das Metallgeländer des Fußwegs. Ich schaffe das. Ich muss das schaffen. Ich darf nicht fallen. Wenn ich falle, kann ich womöglich nicht wieder aufstehen. Ruth ist da oben.

Ich schaffe es. Ich schwitze. Die Leute starren mich an, die Raucher vor dem Eingang, als ich mich ans Geländer klammere, mich die Rampe hinauf zur zweiflügeligen Eingangstür bewege. Ich muss loslassen. Noch ein ganzes Stück von der Tür bis zum Aufzug. Mein Gott. Ich bewege mich. Mein Bein unter mir fühlt sich schwach an. Inzwischen schwitze ich gewaltig. Ich sehe den Mann an der Anmeldung vor mir. Ich weiß, ich werde es nicht schaffen, wenn er mich aufhält. Er sieht mich an. Ich gehe an ihm vorbei, zwinge meinen Fuß zu richtigen Schritten, mit dem Blick fixiere ich die Aufzugstür.

Ich schaffe es. Ich schaffe es den Gang hinunter zu Ruths Zimmer. Ich nehme alle Kraft zusammen, versuche, mir den Schweiß und den irren Blick aus dem Gesicht zu wischen. Ich gehe hinein. Ruth schenkt mir ein atemloses Lächeln mitten in einer Wehe. Ich setze mich auf einen Stuhl neben dem Bett, nehme ihre Hand, lächle. Ich fühle mich, als hätte ich gerade einen Berg bestiegen.

Arden kommt auf die Welt. Ein vollkommener, wunderhübscher kleiner Junge. Ein Kriegskind, so nennen Ruth und ich ihn.

Ich halte ihn auf dem Sofa im Arm und gebe ihm sein Fläschchen.

Claude, der Vater meines Schwagers, ist ein großer Könner seines Fachs. Sein Arbeitsplatz ist der Louvre. Einmal bewunderte ich ein Bücherregal, das er für das Haus meiner Schwester in Galway gemacht hatte, und er bot an, genau so etwas auch für unser North Cottage zu zimmern. Unsere Bücher hatten wir damals in Umzugskartons, und im Wohnzimmer gab es die ideale Wand für ein Regal. Mit einem Lieferwagen kommt er aus der Bretagne.

Claude und seine Frau Véronique wissen von meiner Diagnose, und die Reaktion erkennt man in ihren Augen: tiefer Schmerz, Liebe, Verzweiflung. Ich liebe diese beiden Menschen. Claude hat etwas von einem Magier an sich. Seine Augen sind dunkle Höhlen aus Licht. Es ist schwer, dort hineinzuschauen. Leicht, sich darin zu verlieren. Er ist zum Arbeiten gekommen. Ich hatte so etwas wie Regalböden erwartet. Was er dann aus seinem Lieferwagen holte, war Holz aus dem achtzehnten Jahrhundert aus der Bibliothek eines Schlosses in der Bretagne.

Vier Tage sehe ich ihnen bei der Arbeit zu. Vater und Sohn, Claude und Pierre-Yves. Jetzt war mir auch klar, weshalb Pierre-Yves monatelang Telefonate mit Frankreich führte, detaillierte Maße notierte und sich über die komplizierten mathematischen Berechnungen beschwerte, die sein Vater verlangte. Wochenlang hatte Claude das Holz in seiner Werkstatt in Frankreich bearbeitet. Jetzt sehe ich zu, wie sie alles an Ort und Stelle einpassen, etwas Organisches erschaffen mit diesem Holz von weit her, das immer schon da war. Das hier ist Holz als Architektur, ein Gebilde schlichtester Schönheit. Ein Kunstwerk.

Claude will kein Geld dafür. Also gebe ich ihm einen Kasten Guinness, und Ruth schenkt Véronique irische Töpferwaren, die uns so gut gefallen. Wir stehen in unserer Küche, haben eine Flasche Wein aufgemacht, um die Fertigstellung des Bücherregals zu feiern, als meine Beine wegknicken. Ich falle auf den Fliesenfußboden. Alle springen auf, strecken die Hände aus. Ich hieve mich schnell am Küchentresen hoch. Das bringt in den Blicken von allen das Unaussprechliche hervor. Und da bleibt es auch, ungesagt, und wir geben uns Mühe, wollen versuchen, den Moment zu genießen.

Als sie längst wieder fort sind, in der Nacht, sitze ich beim Bücherregal. Altes Holz, angefüllt mit den ganzen Büchern, die Ruth und ich ein Leben lang gesammelt haben. Es gibt mir ein Gefühl innerer Ruhe.

Ruth und ich werden mit jedem Tag ruheloser.

Ich stürze. Ich habe mich gezwungen, zweimal am Tag mit einer Gehhilfe den Flur auf und ab zu gehen. Habe gekämpft, auf den Füßen zu bleiben. Und eines Tages stürze ich, schlimm. Mein Körper klappt unter mir zusammen, mein Rücken krümmt sich, will offenbar an meine Beine kommen. Unser Flur ist mit Fliesen ausgelegt, und ich muss einen ziemlichen Krach gemacht haben, denn Ruth kommt angelaufen. Als ich ihr Gesicht sehe, weiß ich, wie schlimm es ist. Danach gehe ich nie wieder.

Ich mache das Atelier fertig. Stelle Bücherregale an eine Wand und einen Schreibtisch unter das Fenster mit Blick in den Garten. Es ist perfekt. Ich lasse einen roten Teppich auslegen, und eine Firma aus unserem Ort baut eine zwei

Meter siebzig lange Couch. Sie kommt durch die Tür und nimmt und nimmt einfach kein Ende. Die Leinwand bestelle ich aus Japan. Ein Flachbildschirm hätte das Dreifache gekostet. Sie kommt in einer Kiste, und mein Schwager und ich stellen sie auf. Sie ist zwei Meter siebzig lang und ein Meter achtzig hoch. Das Atelier ist fertig.

Es wird ein Platz nur für Ruth und mich. Wenn die Kinder schlafen, kommen wir aus dem Cottage in diesen Erwachsenenraum. Ich sitze in einem Rollstuhl, den wir bei Argos gekauft haben, die auch Sanitätsbedarf vertreiben, und vom Cottage führen Rampen hinunter zum Atelier. Im Dunkeln, am Abend, kommen wir her, und Ruth hilft mir aus dem Rollstuhl, und wir sitzen auf dem lächerlich langen Sofa und sehen uns einen Film in unserem Privatkino an. Wir laden Freunde und Verwandte ein und essen indisches Essen und hören Musik vor dem Film. Es ist ein glücklicher Ort für uns.

Ich rolle in diesen Raum, den ich geschaffen habe, rutsche in meinen Bürostuhl und sitze am Schreibtisch unter dem Fenster. Der Geruch dieses Raums. Die Jungs spielen im Garten. Ich schreibe an einem neuen Film.

Doch die ALS lässt einen nicht ruhen. Sie gibt einem keine Gelegenheit, sich der Krankheit anzupassen. Sie gibt einem keinen Raum. Die ALS nimmt und nimmt immer weiter. Oder anders ausgedrückt, ich verliere mehr und mehr von meinem Leben. Jedes Mal, wenn Ruth und ich einen Moment durchatmen wollen, werden wir k. o. geschlagen. Von diesem gnadenlos kommenden und gehenden Tod. Und vom Schicksal. Von dem Gefühl, dass all unsere Träume schon gestorben sind.

So ist das Leben mit der ALS. Ein Kampf zwischen Leben und Tod. Ich versuche, ein Leben zu haben, ein Leben aufzubauen, und die Krankheit nimmt Teile davon weg. Der Tod ist Teil des Lebens, und mit der ALS befinde ich mich in einem Zustand der Trauer. Ich trauere um den Verlust meiner Beine und um alles, was mir von meinem Leben genommen wird. Und meine Familie trauert. Aber Ruhe gibt es nicht für uns. Niemals ein wenig Ruhe.

Meine Familie ist eine Kraft, eine Macht aus Menschen. Sie eilen herbei und tun sich zusammen. Sie finden ein Krankenhaus in England, das eine Therapie für ALS anbietet, die noch im Versuchsstadium ist. Mit Mum und meiner Schwester Kate fahre ich hin. Kate lässt ihren frischgebackenen Ehemann allein, um sich ganz mir zu widmen. Wir mieten ein kleines Häuschen in einem verschneiten Wald. Dad arbeitet in der Ukraine. Er fliegt hierher zu uns statt nach Hause. Ich vermisse meine Frau, meine Kinder. Einen Monat später kommen sie nach, hierher in dieses malerische kleine Häuschen in den Wäldern. Ein Häuschen namens Hoffnung.

Es ist seltsam, wie wir hier alle zusammenleben. Aber es ist die Gelegenheit für Mum, mich im Angesicht dieser Katastrophe zu bemuttern. Mich zu füttern. Die Mutter ihres kranken Sohns zu sein.

Dad kommt, und wir essen alle zusammen zu Abend. Wir sehen uns Gameshows im Fernsehen an und spielen Karten. Wir sind eine Familie.

Das Krankenhaus ist ein merkwürdiger Ort, wird geführt wie eine Klinik, aber von der Schulmedizin gänzlich abgelehnt. Hier treffen sich, wieder einmal, die Verzweifelten und die Hoffnungsvollen, und ich bin einer von ihnen. Die bevorzugte Therapie besteht aus intravenös verabreichten Antibiotika in reichlicher Dosierung. Es ist ein Krankenhaus, das auf den Bedarf des Marktes hin errichtet wurde. Jede denkbare alternative Behandlung ist erhältlich. Zu einem gewissen Preis.

Wir wollen alle daran glauben, dass es nicht wieder irgendein Hokuspokus ist. Ein Hokuspokus in ganz großem Stil. Es ist die größte Kraftanstrengung meiner Familie. Es muss einfach klappen.

Es klappt nicht.

Mir geht es immer schlechter, und nach einer Weile packen wir zusammen und fahren nach Hause.

Ich erreiche den Tiefpunkt. Wir sind gefangen im North Cottage, unserem kleinen Häuschen am Ende der Welt, und mit jedem Tag scheint es kleiner zu werden, im selben Maß, in dem unsere Verzweiflung wächst. Ruth, die Jungs und ich sind gefangen in diesem Nebel, der alles zu durchdringen, jede Anstrengung zunichte zu machen scheint. Schließlich ist Ruth diejenige, die uns rettet. Trotz meiner Befürchtungen und der meiner Familie verfrachtet uns Ruth nach Australien. Meine Eltern, meine

Geschwister und ich sind gefangen in der Furcht vor Veränderung. Ruth nicht. Sie sagt, entweder fahren wir, oder wir werden verrückt in diesem Haus. Ich glaube ihr. Ich vertraue ihr. Wir fahren. Ruth, die beiden Jungs, unser Baby und ich im Rollstuhl.

Sonnenschein in unserem Leben

Sie bringen mich zuerst ins Flugzeug. Die Maschine ist leer. Sie schnallen mich in diese merkwürdige Vorrichtung, die sich kaum noch als Stuhl definieren lässt, obwohl sie als Gangsitz bezeichnet wird. Es handelt sich um einen Rollstuhl, der haargenau so breit ist wie der Mittelgang, und der ist verflixt schmal. Zwei Männer heben mich hinein und rollen mich durch den Gang. Sie heben mich auf meinen Platz und entfernen die Anschnallvorrichtung. Es fühlt sich recht bequem an.

Wir belegen die ganze Sitzreihe, die beiden Jungs zwischen Ruth und mir, und Arden in einer Babytrage an der Wand vor Ruth. Er ist riesig, er passt kaum hinein. Auf diesem Langstreckenflug aufs Klo zu gehen bedeutet, dass ich diskret unter einer Decke Pipi in eine Flasche mache. Keiner merkt es. Zum Glück muss ich nicht das Bord-WC aufsuchen, denn dazu hätte ich von diesem schrecklichen Gangsitz Gebrauch machen müssen. Ruth hat alle Hände voll zu tun damit, sich um Arden zu kümmern und die Jungs abwechselnd zur Toilette und wieder zurück zu bringen. Eine Frau aus der Sitzreihe gegenüber starrt mich in Grund und Boden, weil ich einfach nur so dasitze, der klassische Pascha, während Ruth die ganze Zeit herumrennt. Ich nehme einen Schluck von meinem Drink.

Als die Maschine landet, kommen sie und heben mich aus dem Sitz. Die Frau kommt zu mir und sagt: Tut mir leid, ich hatte keine Ahnung. Schon gut, antworte ich. Sie haben wunderhübsche Kinder, sagt sie und läuft beinahe aus dem Flugzeug hinaus.

Sonnenschein in unserem Leben. Wir hatten sechs Wochen eingeplant und bleiben sechs Monate. Eine der herrlichsten Zeiten in unserem Leben. Und sie verändert alles. Zwei unserer engsten Freunde sind da und stellen ihr Leben um, damit unser Leben leichter wird. Wir mieten ein Haus mit Swimmingpool und fangen an, wieder ganztags zu schreiben, ich für das Irish Film Board, Ruth an ihrem Roman. Einmal in der Woche gehen wir zu einer Psychotherapeutin, einer reizenden Frau, die von Angesicht zu Angesicht mit uns redet. Wir gehen ins Kino, und wir essen gut. Wir sind glücklich.

Ich begreife, dass ich eine einfache Wahl habe: Entweder akzeptiere ich, dass ich ALS habe, oder ich gebe auf. Ich begreife, dass ich eine Last mit mir herumtrage, die Last der Verantwortung dafür, dass ich ALS habe. Dass ich die Ursache war, aber durch mein eigenes Versagen, so dachte ich, war ich nicht auch die Therapie. Ich hatte aus erster Hand die Vorzüge esoterischer Behandlungsmethoden erfahren, aber wie bei so vielen Glaubenssystemen können ursprüngliche Wahrheiten oft zu dogmatischen Ankündigungen von Allheilmitteln werden. Sie fallen bei den Kranken, die verzweifelt glauben wollen, dass sie die Macht in sich haben, gesund zu werden, in den allermeisten Fällen auf nur allzu fruchtbaren Boden. Aber diese Verantwortung ist ungerecht. Menschen werden krank. Ich wünschte, alles geschähe aus einem Grund und es wäre in meiner Macht, alles zu verändern, aber das glaube ich nicht. Und es ist Arroganz und eine schwere Bürde, einem Kranken zu sagen, es sei seine Schuld, obwohl es das nicht ist.

An den Wochenenden gehen wir mit unseren Freunden Daragh und Cath und ihrem Sohn Theo in ein Café, das Voyage heißt und direkt am Meer liegt. Da servieren sie das beste Frühstück, das ich je hatte, einschließlich pochierten Eiern, Avocado und Fetakäse. Und dazu guter Kaffee.

Ich hebe die Kaffeetasse an meine Lippen und spüre, mit erschütternder Vertrautheit, das Auf und Ab von Stärke und Schwäche. Das große Fragezeichen: Kann ich die Tasse halten, oder werde ich sie fallen lassen? Meine Arme. Ich versuche, es zu verstecken. Aber Ruth sieht und spürt alles.

Wir haben unsere Probleme nicht hinter uns gelassen, aber es sieht so aus, als könnten wir wenigstens Schritt halten. Das Leben ist einfach zu gut, als dass wir es lange begraben könnten. Wir machen Ausflüge mit den Kindern, gehen in Museen, fahren mit dem Zug. Selbst das Vergnügen eines einfachen Spielplatzes wird durch das Wetter intensiver. Tage im Pool. Abends gehen wir in ein Kino in einem kleinen Wäldchen, das Dach ein Meer von Sternen. Meine Freunde haben meinen letzten Kurzfilm nicht gesehen, und ich denke: Ob ich ihn hier wohl vorführen lassen kann? Also schicke ich ihn ins Büro des Kinos und bekomme am nächsten Tag einen Anruf. Sie sind einverstanden, sie werden ihn zeigen. Er wird als Teil eines Kunstfestivals ins Programm aufgenommen, und ein Journalist interviewt mich vor den Kinozuschauern. Es ist meine erste öffentliche Rede vom Rollstuhl aus. Es geht gut, und mein Film wird unter Bäumen vorgeführt.

❧

Wir bringen die Jungs zu der entzückenden Bücherei ein Stück die Straße rauf. Wir gehen ins Ballett. Wir nehmen uns eine sechzehnjährige Babysitterin, der wir vertrauen, und Ruth und ich gehen regelmäßig zum Essen aus und allein ins Kino. Was soll ich sagen? Australien.

Die ALS lebt immer noch in unserem Leben. Jedes Mal hilft mir Ruth unter die Dusche. Oder wir streiten uns vor lauter Traurigkeit und Frustration. Doch die schlichte Wahrheit ist, dass ein besseres Leben uns allen hilft.

❧

Pizza

Ich werde schwächer.

Ich sitze im Dunkeln im Jeep. Das Licht aus dem Pizzaladen ist ein weißer Rahmen mit Leuten darin. Ich sehe Ruth, mit dem Rücken zum Fenster sitzt sie auf einer Bank und liest in einer Zeitschrift. Jack und Raife turnen um ihren Platz herum, pressen die Hände auf die Glasscheibe und starren in den Kühlschrank mit den eiskalten Getränkedosen.

Ich kann nicht aus dem Auto. Ich kann nicht gehen. Und es macht viel zu viel Mühe, die Rampe zu benutzen und mich in den Rollstuhl zu setzen, bloß um Pizza zu holen. Also sitze ich im Dunkeln.

Angeschlossen ist der Straßenverkauf an ein Restaurant. Ein sehr schönes Restaurant, deshalb holen wir unsere Pizza hier. Es ist dunkel und holzgetäfelt und voller kleiner Lichter. Männer mit frisch gebügelten Hemden lächeln, wenn sie mit Damen, die braun von einem ganzen Tag am Strand sind, das Lokal betreten. Zwei ältere Männer sitzen im Außenbereich, mit Blick aufs Meer, ihre Weingläser hell und klar im Abendlicht. Mädchen in weißen Shirts bewegen sich zwischen den Tischen.

Ich beobachte die Leute beim Eintreten. Ihre Gesichter. Etwas in ihren Gesichtern. Dann wird es mir klar. Es ist auf allen Gesichtern hier. Im Restaurant. Im angrenzenden Laden.

Unbefangenheit. Schlichte, menschliche Unbefangenheit.

Es ist Abend, und zwischen all dem Stress und dem Druck, zwischen Verlust und Schmerzen, haben diese Leute vorübergehende Erleichterung gefunden. Ich kenne alle diese Leute nicht, aber es ist ihnen ins Gesicht geschrieben. Etwas, das ich verloren habe.

Und man hat mir gesagt, dass ich sterben werde. Sehr bald schon. Und die Unbefangenheit hat mich verlassen.

Liebe. Das ist das Einzige, worum es immer geht. Keine Geschichte eines Menschen ist wichtiger als die eines anderen. Und nur eines ängstigt mich. Entfernung. Von

Ruth. Von meinen Kindern. Tägliche Entfernung. Und der Tod. Die wirkliche Entfernung. Ich kann mir das mühelos vorstellen. Das Leben ohne mich. Ruths Einsamkeit. Das ist nicht schwer. Das ist leicht. Die schiere Merkwürdigkeit dieses Lebens.

Wie werde ich mit meinem Tod zurechtkommen. Mit meinen Kindern, die an meinem Bett stehen und weinen, die versuchen, sich zu verabschieden. Wann dieser Tag kommen wird, weiß ich nicht.

Ich bin nicht mutig im Angesicht des Todes. Ich bin zutiefst erschrocken.

Ruth hat gesagt, allein schon das tägliche Überleben ist mutig. Ich weiß es nicht. Ich glaube nicht, dass ich irgendwie mutig bin. Oder dass ich würdevoll und selbstlos mit meinem Leiden umgehe, wie es in den Büchern heißt. Ich versuche es, und manchmal schaffe ich es, manchmal auch nicht. Manchmal begräbt mich die ALS, bis ich nicht mehr sehen kann. Oder wenn ich sehe, schaue ich aus einem Schildkrötenpanzer heraus und sehe ein ausgemergeltes Spiegelbild, das zurückschaut.

Manches Mal berühre ich, was ich früher gehalten habe. Arden, der auf meiner Brust schläft. Jack, der meine Hand hält, während ich im Rollstuhl sitze und wir spazieren gehen. Raife, der auf meinem Schoß sitzt. Ruth mir gegenüber an einem Tisch im Restaurant.

Oder das Alleinsein. Wenn ich aus dem Haus hinausgerollt bin, hinunter ans Meer. Wenn ich unter staubigen Palmen sitze und der Wind mir ins Gesicht bläst.

Im Voyage, die Markise, die in der Brise flattert. Wenn ich nach dem Frühstück beim Kaffee sitze und in meinem kleinen Notizbuch an einem Film schreibe. Paradiesisch allein.

Zeit zu gehen

Wir fahren zurück. Am Flughafen von Dublin warten Ruths und meine Familie auf uns. Ehe wir unsere eigenen Wege gehen, setzen wir uns in der Bar zusammen. Alle sind überglücklich, freuen sich, dass unsere Reise ein Erfolg war, freuen sich, uns wiederzusehen. Die Gesichter unserer Eltern sind von Sorgen gezeichnet. Ich hebe den Arm, um Ruths Vater die Hand zu schütteln, und alle bemerken die Mühe, die Schwäche. Alle bemerken es, aber keiner sieht es.

Wir verleben einen traumhaften Sommer in unserem North Cottage. Ich besitze jetzt einen elektrischen Rollstuhl, weil ich nicht mehr die Kraft habe, den mechanischen zu bewegen. Ich jage mit den Jungs im Garten herum. Unter den Apfelbäumen. Auf dem Weg hinter dem Kräutergarten. Die Sonne brennt vom Himmel herunter, und wir spielen stundenlang allerlei Spiele. Abends sehen wir uns Filme im Atelier an. Ich mache meine Jungs mit meiner Liebe für den Film vertraut, so wie mein Vater mir seine Liebe für den Film weitergab.

Wir haben beschlossen, dass wir umziehen werden. So sehr wir das North Cottage auch lieben, das Leben so weit außerhalb wird schwieriger, je weiter die ALS fortschreitet. Das war in unserem Plan nicht vorgesehen. So etwas Schlichtes wie die Straße hinunterfahren wird zur Mühsal, denn ich werde auf den irischen Landstraßen wie eine Stoffpuppe durchgerüttelt. In Australien haben wir erlebt, welche Vorzüge es hat, in der Nähe von allem, von Freunden zu leben. Jack wird bald in die Schule kommen. Es ist Zeit, eine Entscheidung zu treffen. Zeit zu gehen.

Angst

Im September bekomme ich eine Lungenentzündung. Das erste Anzeichen, dass die ALS meine Atmung beeinträchtigt. Die meisten Patienten mit ALS sterben an Atemversagen. Ich bleibe eine Woche im Krankenhaus.

Wir wohnen im Haus meiner Eltern, solange wir in Greystones nach einem neuen Zuhause suchen. Vor unserem North Cottage steht ein Schild mit der Aufschrift *Zu verkaufen.*

Ich mache mit Jack oder Raife Spritztouren auf meinem Elektrorollstuhl durch den Ort Greystones. Plötzlich bin ich unabhängig. Abwechselnd nehme ich mal den einen, mal den anderen Jungen auf den Schoß, und wir verlassen das Haus meiner Eltern, allein, nur wir zwei. Wir nennen das unsere Abenteuerreise. Wir fahren ans Meer, in die Buchhandlung, in die Bibliothek, in den Supermarkt, aber vor allem in den Videoladen. Das ist unser Lieblingsziel.

Wir nehmen die kleine Straße hinter dem Haus, die Straße aus meiner Kinderzeit. Ruhig, holperig, voll von Erinnerungen. Die Ruhe ist dabei das Wichtigste, mein Alleinsein mit meinem Jungen. Die Chance, Vater zu sein.

Sein Gewicht auf meinem Schoß. Die Erfahrung des geteilten Schweigens. Die Straße. Die Bäume. Das halb versteckte Haus, über das wir reden. Dann andere Leute. Wir navigieren. Ich überquere die Straße wie jemand, der außerhalb des Gesetzes steht. Missbrauche die Freundlichkeit, das Mitleid, die Angst der Leute. Ich weiß nicht, was sie in ihren Autos denken. Früher wusste ich das mal. Jetzt nicht mehr. Ich bin anders. Und der Tod ist meine VIP-Karte. Die Leute bleiben zurück, also kann ich meine Karte genauso gut ausspielen. Also überquere ich die Straße, und alle halten an. Horchen. Schauen. Ich spüre das Gewicht der Gedanken überall um mich herum. Manche Leute denken über mich nach, andere tun alles Mögliche, um nicht zu denken. Ein Mann im Rollstuhl mit seinem Sohn. Also überqueren wir die Straße, ich und mein Junge, sichtbar, unsichtbar.

So ist das Leben in Greystones, die Freiheit, etwas allein zu machen. Im Videoladen reiche ich nicht an die Theke heran, also stellt sich Jack, oder Raife, auf meinen Schoß und bezahlt den Mann. Ein Film für mich, ein Film für sie.

Wir finden ein Haus in Greystones. Es fühlt sich genau richtig an. Wir versetzen ein paar Türen, eine Wand. Wir experimentieren mit Namen, bleiben aber schließlich bei der Hausnummer. Es ist ein ruhiges kleines Grundstück voller Kinder, und vom Garten hinter dem Haus sieht man das Meer. Jack wird im Ort eingeschult, auf derselben Schule, die auch meine Schwestern besuchten.

Das North Cottage wird verkauft. Wir müssen uns verabschieden. Von unserem Bücherzimmer. Vom Atelier. Von den Bäumen. Leicht ist es nicht. Wir haben dort gelebt. Ich muss die komplette Heimkinoanlage dazulegen, um den Verkauf unter Dach und Fach zu bringen. Die Leute wollen das Kino. Das freut mich. Ehe wir fahren, schaue ich mir im Atelier mit meinem Freund Paul *Blade Runner* an. Die Lautstärke drehen wir hoch auf neun. Es ist herrlich.

Mit meiner Atmung wird es schlimmer. Meine Stimme ist zu einem Flüstern geworden. In Dalkey lassen wir mit der ganzen Familie ein Foto machen, Ruth und ich, die Kinder, meine Eltern und die Familien meiner Schwestern. Für das Foto heben sie mich aus meinem Elektrorollstuhl auf einen Sitz. Keiner will auf einem Foto einen Rollstuhl sehen. Ich wohl auch nicht. Für alle anderen ist der Rollstuhl ein Symbol für Krankheit. Aber wer einen Rollstuhl benutzt, sieht das negativ besetzte Symbol schnell ersetzt durch die Tatsache, dass dieses Gefährt einem Kraft verleiht. Mein Rollstuhl ist mein Freund. Doch bei diesem Familienporträt geht es um die Perspektive der anderen. Und ich bin nicht immun. Keiner will Krankheit sehen. Dies ist ein Porträt unserer jeweils anderen Seite. Deshalb benutzen wir auch ein anderes menschliches Symbol, das unsere Werte darstellt. Wir lächeln.

Im Pub, nach der Aufnahme im Fotostudio, hört keiner meine Stimme über dem Lärm im Lokal. Sie lehnen sich nah zu mir, verstehen mich aber nicht.

Wieder bekomme ich eine Lungenentzündung. Beidseitig, sagen sie. Ich werde ins Beacon Hospital gebracht. Ruth schläft auf einem Sofa in meinem Zimmer. Ich bin starr vor Angst. Drei Tage lang kriege ich kaum Luft und schlafe nicht.

Es wird schlimmer. Wir rufen den Pfleger. Ich sage ihm, ich bekomme keine Luft. Er schaut auf einen Monitor. Ihre Werte sind normal, sagt er. Ich bekomme keine Luft. Er sieht mich einfach an. Ich habe noch zwölf andere Patienten, sagt er und will gehen. Mein Schwager Chris, der auch im Zimmer ist, sagt: Wenn Simon sagt, er bekommt keine Luft, dann bekommt er keine Luft. Er ist ein Meter fünfundneunzig groß. Der Pfleger schaut auf zu ihm.

Ich werde auf die Intensivstation verlegt. Ich bekomme keine Luft. Inzwischen spüre ich reine Panik. Ich bekomme keine Luft, sage ich zu den beiden Schwestern im Raum.

Sie wenden den Blick nicht ab von den Monitoren, die hoch oben an der Wand hängen und auf die sie die ganze Zeit schon starren. Ihre Werte sind normal, sagt die eine der beiden.

Ich ertrinke. Ich drehe mich zu Ruth um, die auf dem Bett kniet, die eine Hand hat sie hinter mir, die andere vorn, pumpt und drückt auf meinem Brustkorb herum, als sei er ein altes Schifferklavier, hilft mir atmen. Nicht aufhören, sage ich, meine Stimme rau vor Panik. Sie sieht mir in die Augen, und gemeinsam erleben wir einen Moment reinster Angst. Hilf mir, Ruth, sage ich, und sehe in ihren Augen schiere Hilflosigkeit. Sie presst meinen Brustkorb. Hilf mir, sage ich, und die Welt kippt um.

Mein Land

Ein Zimmer in Dublin. Ein Mann kommt herein, den man nie zuvor gesehen hat. Er fängt an, mit einem zu reden. Fragt, ob man Kinder hat. Die Antwort ist ja. Er sagt, man darf an diesem Abend nicht nach Hause gehen. Wenn man das Gebäude verlässt, sagt er, muss man nach rechts gehen statt nach links, Richtung Norden statt nach Süden. Sagt, man muss in eine unbekannte Richtung weitergehen, und man weiß nur, man wird niemanden aus dem früheren Leben wiedersehen.

Die Reise, auf die er einen schickt, ist der Tod.

Ich komme aus einem anderen Land als ihr. Aus einem anderen Ort. Es sind nur ein paar von uns hier. Meine Maßstäbe sind anders als eure. Euch fällt es schwer, mich zu verstehen. Und wenn ihr mich betrachtet, müsst ihr mich wohl für ziemlich seltsam halten. Ich habe Amyotrophe Lateralsklerose.

Ich liege in einem Bett im Beacon Hospital. Meine Atmung hatte versagt, ich wurde bewusstlos, und man fing an, mich künstlich zu beatmen.

Jetzt habe ich einen Schlauch in der Nase und einen Schlauch im Hals. Der eine zur Ernährung, der andere zum Atmen. Beide Schläuche hindern mich am Sprechen. Die ALS hindert mich daran, Arme und Beine zu bewegen. Mit meiner Familie verständige ich mich über Textnachrichten auf dem Handy.

Ein Mann ist gerade zur Tür hereingekommen. Ich habe ihn noch nie gesehen, und er fängt an, mit mir zu reden. Er stellt sich als John Magner vor, Narkosefacharzt der Intensivstation. Er sagt, er habe gerade mit Frau Professor Orla Hardiman im Beaumont Hospital telefoniert. Ich hatte nämlich darum gebeten, er möge dort anrufen, um sicherzustellen, dass ich hier im Beacon die beste Behandlung als ALS-Patient bekomme. Er teilt mir mit, Professor Hardiman habe gesagt, künstliche Beatmung werde in diesem Land für Patienten mit ALS nicht befürwortet. Es sei für mich an der Zeit, mich der schweren Entscheidung zu stellen. Er erklärt mir, es gebe nur zwei Fälle von künstlicher Beatmung im häuslichen Umfeld, doch in beiden Fällen seien die betroffenen Patienten schwerreich. In der Ecke des Zimmers fangen Ruth und meine Mutter an zu weinen. Ich sehe ihn an, kann aber nicht antworten. Er sieht mich an.

Ruth und Mum klammern sich inzwischen aneinander, schluchzen.

Er sieht mich an, und meine Lebenskraft, meine Seele, der Teil von mir, der wie jeder andere Teil empfindet, ist ohne jeden Zweifel. Ich will leben. Diese Überzeugung erfüllt meinen ganzen Körper in einem Maß, dass ich im Angesicht dieses Mannes keine Furcht spüre. Zwei Tage später finden wir heraus, dass das Beatmungsgerät für zu Hause von der Krankenversicherung abgedeckt ist.

Am Tag darauf sehen mein Vater und ich uns einen Film auf meinem Laptop an. Jeder Film, den ich nach dem Gespräch mit diesem Arzt anschaue, fühlt sich für mich wie eine Rehabilitation an. Jeder gelebte Moment ist ein gelebter Moment. Wir sehen den Film, und ein anderer Mann, den ich noch nie gesehen habe, tritt durch die Tür. Er stellt sich als Ronan Walsh, Neurologe, vor. Er fängt an, mich über die Geschichte meiner Amyotrophen Lateralsklerose zu befragen, obwohl ich wegen der Schläuche nicht sprechen kann. Mein Vater versucht, ihn auf den neuesten Stand zu bringen (wenn auch medizinische Details nicht gerade seine Stärke sind). Der Mann kommt schnell zur Sache. Weshalb wollen Sie künstlich beatmet werden?, fragt er. Sie haben Amyotrophe Lateralsklerose, und es wird Ihnen immer schlechter gehen. Im Moment können Sie noch Ihre Hände bewegen, aber die Lähmung wird fortschreiten, wird schlimmer werden. Weshalb wollen Sie künstlich beatmet werden?

Weshalb wollen Sie künstlich beatmet werden? Weshalb wollen Sie leben, wo Sie doch Amyotrophe Lateralsklerose haben und Arme und Beine nicht bewegen können? Für diese Leute sind das alles rein rhetorische Fragen. Doch ironischerweise stellen sie genau die richtigen.

Weshalb wollen Sie künstlich beatmet werden? Weshalb wollen Sie leben? Ich kann viele Gründe nennen, wenn sie sie denn nur hören wollen. Aber zum Zuhören sind sie nicht hergekommen. Sie sind hergekommen, weil sie eine Entscheidung über meine Lebensqualität getroffen haben. Für sie ist es unvorstellbar, dass ich den Wunsch haben könnte zu leben. Aber für mich ist das nicht so. Für mich geht es nicht darum, wie *lange* man lebt, sondern *wie* man lebt.

Sie fragen mich, weshalb ich leben will, und die Antwort ist dieselbe wie die des ›ziemlich toten‹ Westley in *Die Braut des Prinzen,* als ihn Wundermax fragt: ›Was ist denn so wichtig? Was hast du denn hier, wofür es sich zu leben lohnt?‹

›Waahre Liiebe‹, ist seine Antwort. Und genau das fühle ich auch. Liebe zu meiner Frau. Liebe zu meinen Kindern. Zu meinen Freunden, meinen Verwandten. Liebe zum Leben ganz allgemein. Meine Liebe ist ungemindert, ungebeugt, ungebrochen. Ich will leben. Ist das etwa falsch? Was gibt einem Leben Sinn? Was trägt zu einem sinnvollen Leben bei? Was gibt dem einen Leben einen höheren Wert als dem anderen? Sicher kann doch nur jeder Einzelne darauf hoffen, den Sinn des eigenen Lebens zu erfassen. Fragt man den Menschen nicht, ob er die Wahl haben will, zu leben oder nicht zu leben, verneint man diesen Sinn.

Sie haben Amyotrophe Lateralsklerose: Wieso wollen Sie dann leben? Amyotrophe Lateralsklerose führt zum Tode. Das Leben allerdings auch. Alle sterben. Aber nur, weil man zu irgendeinem Zeitpunkt in der Zukunft sterben wird, heißt das etwa, dass man sich jetzt umbringen soll? Für mich hörte sich das so an, als forderten sie mich auf, Selbstmord zu begehen. Oder Euthanasie zu befürworten. Ich weigerte mich. Tagelang standen sie herum, kratzten sich den Kopf und überlegten, was mit mir zu tun sei. In Irland werden ALS-Patienten nicht automatisch künstlich beatmet. Man stellt sie ruhig, berät sie, erleichtert ihnen das Sterben. Eine Wahl lässt man ihnen nicht. Nicht wie in anderen Ländern, den USA zum Beispiel. Nicht hier. Ich wurde in einer lebensbedrohlichen Situation ans Beatmungsgerät angeschlossen, weil sie hier im Beacon einfach auf mein Atemversagen reagierten und mir das Leben retteten. Wäre ich irgendwo anders gewesen, hätte man mir womöglich erlaubt zu sterben. Stellen Sie sich das vor. Da läuft doch etwas grundsätzlich falsch hier. Ich bin nur aus Versehen noch am Leben. Sie retteten mir das Leben, und ich wollte es nicht wieder aufgeben. Ich finde, jeder sollte diese Wahlmöglichkeit haben.

Ich bleibe über Weihnachten im Krankenhaus. Mitten während eines Schneesturms, der Irland lahmlegte. Inzwischen kenne ich alle Krankenschwestern hier. Die eine, sie heißt Bridget und stammt aus Cork, ist eine wahre Seele von Mensch. Sie läuft über die Straße zum Pub, kauft ein großes Glas Guinness und bringt es zurück, ohne einen Tropfen zu verschütten. Ich glaube, es ist Silvester. Sicher bin ich nicht. Ich bekomme ziemlich viel Morphium. Ich nippe ein paar Mal an dem Bier. Eines Morgens kommt sie in mein Zimmer mit einer Brotdose voll mit frisch gefallenem Schnee. Sanft legt sie meine Hand auf den Schnee, und ich spüre die kühle Eiseskälte auf meiner Haut.

Ich nehme es. Ich brauche es nicht. Ich will es.

Ich nehme das Morphium. Ich habe keine Schmerzen. Ich nehme es nicht, weil ich Schmerzen habe. Ich nehme es, bis sich Clint Eastwoods *Heartbreak Ridge* zu einer Liebesgeschichte entwickelt. Ich nehme es, weil es sich gut anfühlt. Ich nehme es, und ich liebe alle und jeden.

Am nächsten Tag weine ich ohne Grund. Ich nehme

es wieder. Ich nehme es, bis eine schlaue Krankenschwester mich erwischt.

Ich nehme es, bis der Vorrat weggenommen wird.

Wir sehnen uns nach Glück. Wir sind verzweifelt auf der Suche nach Glück. Die Werbung präsentiert uns eine verklärte Glücksversion nach der anderen, aber dem können wir nicht gerecht werden. Wir wollen es. Wir wollen genau das in unserem Leben fühlen. Keiner ist davon ausgenommen.

Ich bin neidisch. Auf die Bewegung von Körpern, wie auf eine Droge. Was ist denn überhaupt das Glück? Früher wusste ich das einmal. Die Waagschale mit den einzelnen Bestandteilen, die sich in die eine Richtung neigt. Das erlebe ich jetzt in den Augenblicken, in denen ich darum kämpfe, glücklich zu sein. Das ist schwer, wenn die einzelnen Bestandteile sich in die andere Richtung neigen. Glück ist ein Moment, in dem man über Wasser ist.

Hören Sie auf mich, denn ich ertrinke gerade.

Ich gehöre nicht zu der Welt da draußen. Die Nachrichten sprechen nicht zu mir. Das Wetter ist eine andere Beleuchtung auf dem Gang. Erschöpft wache ich aus einem Traum auf. Ich bin gerannt, habe auf einer Brücke gekämpft. Was soll ich tun? Ich muss mich zwingen, wach zu werden. Muss alle Kräfte mobilisieren, nur um mich zu bewegen.

Den einen Sinn habe ich verloren, jetzt verabschiedet sich ein anderer. Der Geruchssinn funktioniert nicht mehr. Ich atme jetzt durch den Hals, nicht durch die Nase. Der Geschmackssinn ist als nächster dran. Zum Frühstück habe ich gekochte Eier gegessen, aber das wird schwerer und immer schwerer.

Gelegentlich verspüre ich den Drang nach einem Big-Mac-Menü, obwohl ich Vegetarier bin. Wie grotesk. Das erwähne ich meinem Freund Kevin gegenüber. Am nächsten Tag kommt er mit einem Big Mac mit allem Drum und Dran, aber ohne Fleisch. Er holt zwei vegetarische Burger hervor, in Alufolie eingewickelt, die er zu Hause gebraten hat, und legt sie zwischen die Brötchen. Ich beiße von meinem vegetarischen Big Mac und den

Pommes frites ab, trinke von dem Erdbeershake. Probiere und schmecke.

Meine Mum bringt mir köstliche selbst gekochte Mahlzeiten, aber ein paar Erstickungsanfälle bereiten dem ein Ende. Ich esse nicht mehr mit dem Mund, sondern durch einen Schlauch im Magen, bekomme nach den Ernährungsrichtlinien zusammengestellte Flüssignahrung.

Zwei Sinne verschwunden. Drei bleiben noch. Ich spüre die flüchtigste Berührung, ganz gleich wo auf meinem Körper.

Berühren Sie mich. Ich sehe Sie. Ich höre Sie.

Was bin ich geworden? Für meine Kinder? Ich bin immer noch ihr Vater, alle Zeit ihr Vater. Aber so anders als die anderen. Alle sind anders, aber manche sind etwas mehr anders als andere. Ich greife nach ihnen, sie sind an Orten, an denen die Körper aller Menschen funktionieren. Ganze Räume voll von Leuten, deren Körper funktionieren.

Meine Verwandten besuchen mich jeden Tag. Entweder sie besuchen mich, oder sie kümmern sich um meine Kinder, damit Ruth zu mir kommen kann. Oder beides. Ich muss jedes Mal weinen, wenn meine Jungs mich besuchen kommen.
Ruth tut alles nur Menschenmögliche, damit ich nach Hause kann. Meine Schwester Kate kennt alle ALS-Webseiten auf der Welt. Mein Onkel Bobby kommt einmal die Woche mit einem ganzen Arm voll Filmen. Meine Eltern sind erschöpft.

Mein Freund Phil besucht mich fast jeden Tag. Er ist ein fester Fels für mich in dieser weißen Welt.

Ich weiß nicht. Irgendwie fühle ich mich anders heute. Glücklich. Ein ganz anderes Gefühl als sonst. Vergangene Nacht habe ich geträumt, ich drehe mich in den Wind und fliege. Ziehe Kreis um Kreis in Spiralen, wie eine Zirruswolke. So hoch hinauf, dass es jenseits von Höhe war. Ich wachte auf und fühlte mich wie ein König.

Die Tage. Sie sind unser Leben. Ich habe vergessen, wie es sich anfühlt, der Mensch zu sein, der ich einmal war. Diese Tage. Manchmal ist es so einfach. Ich schaue meinen Vater an und sehe dieselben Kräfte in seinem Leben. Seine Familie und seine Arbeit. In der Reihenfolge. Auf ewig. Ich bin so einfach. Wir sind aus demselben Holz geschnitzt. Er hat die Seele eines Cowboys.

Jetzt bin ich seit vier Monaten in diesem Krankenhaus, und ich komme nach Hause mit einem Beatmungsgerät für den Hausgebrauch. Ich bin einer der ersten Patienten mit ALS in Irland, die mit Unterstützung des zentralen staatlichen Gesundheitssystems mit Beatmungsgerät nach Hause kommen. Unser staatliches Gesundheitssystem scheint nur schlechte Presse zu bekommen, doch mich haben sie bei meinem Wunsch nach häuslicher Betreuung auf beispielhafte Weise unterstützt. Die Schwestern im Beacon waren eine Inspiration, haben mich durch die Schrecken des Atemversagens und die Panik während der Erholung davon geleitet. Hier habe ich viel gelernt über die Berufung der Versorgung von Kranken. Und die IMNDA, der irische Verband für Patienten mit

ALS, bot grenzenlose Hilfe. Was die beiden Fachärzte angeht, die, und da habe ich keinen Zweifel, wirklich überzeugt davon waren, dass sie das Richtige taten, überzeugt davon, dass sie mir die brutale Wahrheit nahebrachten, so nehme ich ihnen das nicht übel. Aber ich wünschte, sie würden die Augen aufmachen. Es gibt keine brutale, harte Wahrheit, nur die eine Wahrheit, die an einem bestimmten Tag durch eine bestimmte Person vermittelt wird. Es sind die Menschen, die hart oder weich sind. Und für jeden Moment der Härte gab es zum Ausgleich einen Moment der Güte vonseiten einer Schwester oder eines anderen Arztes, und solche Momente habe ich viele erlebt. Ein Moment der Güte gegenüber einem in Panik geratenen, zutiefst verschreckten Patienten, gegenüber dem Verwundbarsten aller Menschen, erlaubt dem Teil in mir, der sich normal fühlt, Atem zu holen.

Silvio Gligor, ein Narkosefacharzt, den ich während meiner langen Zeit hier kennengelernt habe, kommt ins Zimmer. Er will sich verabschieden, denn ich werde am übernächsten Tag entlassen. Er steht da, ringt mit seinen Gefühlen, will mir offensichtlich etwas von Bedeutung sagen, nicht nur ein paar Binsenweisheiten oder belanglose Abschiedsgrüße. Das Schweigen hüllt ihn ein, während er versucht herauszufinden, was er sagen könnte. Es ist ein gefühlsgeladener Moment, wie er selten zwischen zwei Männern vorkommt. Als er dann schließlich den Mund aufmacht, sagt er dies: Gehen Sie nach Hause und bringen Sie Ihren Kindern viel bei.

Ich spreche nicht für alle Menschen mit Amyotropher Lateralsklerose. Ich spreche nur für mich. Andere würden die Entscheidung, sich künstlich beatmen zu lassen, womöglich infrage stellen. Doch ich glaube fest daran, dass man die Wahl haben und nicht ermutigt werden sollte, der üblichen Vorgehensweise zu folgen.

Man kann sich ändern. John Magner, der Facharzt, der mir mitteilte, ich müsse das Beatmungsgerät abschalten, kam vier Monate später zu mir und sagte, ich hätte einen weiten Weg zurückgelegt und er hätte viel gelernt.

Ich bin kein Trauerspiel. Weder will ich, noch brauche ich Mitleid. Ich bin voller Hoffnung. Die Wörter Hoffnung und ALS passen in diesem Land nicht gut zusammen. Beim Hoffen geht es nicht um die Suche nach der Heilung einer Krankheit. Hoffen ist eine Lebenseinstellung. Oft denken wir, es steht uns ein langes, fruchtbares Leben wie in einem Coca-Cola-Werbespot zu. Doch Leben ist ein Privileg, kein Anrecht auf etwas. Ich empfinde es als Privileg zu leben. Das ist Hoffnung.

Es ist nicht wichtig, dass Sie alles darüber wissen, woher ich komme. Alles darüber, wer ich bin. Es ist nicht wichtig, dass Sie alles über Amyotrophe Lateralsklerose wissen, über sämtliche Details dieser Krankheit, alles darüber, was es bedeutet, an dieser Krankheit zu leiden. Wichtig ist nur, dass Sie immer daran denken, dass hinter jeder Krankheit ein Mensch steckt. Denken Sie immer daran, und dann haben Sie alles, was Sie brauchen, um durch mein Land zu reisen.

Ein Leben

Die Krankenschwestern weinen. Das ist das Gute in den Menschen. Sie sind mit mir im Krankenwagen nach Hause gefahren, und jetzt weinen sie, weil sie sich nach vier gemeinsamen Monaten von mir verabschieden müssen. Ich weine natürlich auch. Vier Monate sind eine lange Zeit in einem fensterlosen Raum. Sie fahren weg, und ich bin zu Hause. In meinem Bett. In meinem Schlafzimmer. Ich kann gar nicht alles auf einmal in mich aufnehmen. Überall Holz und Farben, während meine Welt vorher weiß gewesen ist. Es ist wie Buttertoffees für meine Augen. Eine Orgie für meine Sinne. Ich nehme es in mich auf.

Ich erhole mich, aber wieder einmal ändert sich alles. Meine Hände sind sehr schwach. Ich benutze mein Smartphone als Maus für meinen Laptop, damit ich schreiben kann. Meine Stimme ist leise und schwer zu verstehen, aber ich kann immer noch sprechen. Ich bin ans Beatmungsgerät angeschlossen. Die größte Veränderung von allen. Die alles bestimmende Veränderung. Ich habe jetzt eine kleine Box neben mir, die meinen Atem erzeugt, meine Lungen mit der Luft füllt, die meine geschwächten Muskeln nicht länger zur Verfügung stellen können.

Diese kleine Box hat mir das Leben gerettet.

Im Krankenhaus habe ich gemerkt, dass das Schreiben mit den Händen schwieriger und immer schwieriger wurde. Sarah Boyle, eine vor Ideen sprühende Ergotherapeutin, organisiert etwas für mich. Sie lässt Nick Ward, den Mitarbeiter einer Computerfirma, aus England einfliegen, damit er mir einen Computer vorführt, den ich mit den Augen bedienen kann. Eine Sensation. Eine richtige Offenbarung für mich. Freiheit. Ich habe die Funktion meiner Hände wieder, und zwar über die Bewegung meiner Augen.

Nick kommt mit meinem Computer, den der Verband für ALS-Patienten, die IMNDA, finanziert hat, nach Greystones. Er ist ein Gentleman mit apartem britischem Humor. Er baut alles auf und weist mich ein. Eine Freundschaft ist entstanden. Der Computer macht alles möglich: schreiben, Internet, Telefon, SMS, fernsehen. Ich bewege meinen Rollstuhl mit einem Schalter, den ich mit dem Kopf bediene. Es soll bloß mal jemand versuchen, mich aufzuhalten.

Wieder einmal hat sich unser Leben verändert. Ich habe jetzt Tag und Nacht eine Krankenschwester bei mir. Eine Fremde in unserem Haus. Schritte in der Nacht im Flur. Aber auch Hilfe, während vorher meine Frau und meine Verwandten große Mühe hatten, mit allem zurechtzukommen. Jetzt muss ich Ruth nachts nicht mehr wecken. Unabhängigkeit am Tag. Ruth schläft endlich wieder, verlässt das Haus ohne Angst. Ein Leben.

Ich sehe mir eine irische Dokumentation über ALS an und stoße auf ein Detail, das im Widerspruch zu meiner eigenen Erfahrung steht. Es geht um Professor Orla Hardiman, die führende Forscherin in Irland auf dem Gebiet von Amyotropher Lateralsklerose und deren Behandlung. In der Dokumentation wird sie vorgestellt als Wissenschaftlerin, die ›unermüdlich für die Patienten eintritt‹.

Als ich im Beacon Hospital zusammenbrach und das Bewusstsein verlor, schlossen sie mich an ein Beatmungsgerät an, um mich am Leben zu erhalten. Völlig verschreckt und desorientiert kam ich damals wieder zu mir. Als ich schließlich wieder bei klarem Verstand war und die Situation erfasst hatte, war mein erster Gedanke: Ich bin im falschen Krankenhaus. Ich sollte im Beaumont Hospital sein, unter Professor Orla Hardimans Fürsorge. Doch als Reaktion von ihr kam nur: ›Für Patienten mit ALS befürworten wir künstliche Beatmung nicht.‹

Meine Schwester Ruth ist eine richtige Powerfrau, und sie sammelt jedes noch so kleinste Detail an Information über die künstliche Beatmung im häuslichen Umfeld, und so suchen wir uns unseren eigenen Weg. Aber ich denke an all die Erkrankten, die eine Unterstützung, wie sie mir zuteil wird, nicht haben.

Beatmung bei ALS ist ein heikles Thema. Ich veröffentliche einen Artikel in der Zeitung über meine Erfahrungen im Krankenhaus, und die Zeitung gibt Orla Gelegenheit, dazu Stellung zu nehmen.

In ihrer Antwort auf meinen Artikel erklären Orla und ihr Team, künstliche Beatmung werde mit all ihren Patienten erörtert, wobei die meisten dies nicht wünschten (sobald sie Einzelheiten darüber erfahren). Sie weist außerdem darauf hin, dass schlicht und ergreifend keine ausreichenden Ressourcen vorhanden sind, um künstliche Beatmung für Patienten mit ALS zu gewährleisten.

Darüber hinaus sieht sie ein weiteres Problem für einen ALS-Patienten mit Beatmungsgerät: Es könnte für den Betreffenden nämlich schwierig sein, es unmissverständlich zum Ausdruck zu bringen, sollte er die Abschaltung des Beatmungsgeräts wünschen.

Sich zu äußern ist ein Schlüsselproblem bei der ALS, weil die Krankheit einem die Möglichkeit nimmt zu sprechen. Aber schließlich braucht man keine Stimme, um sich äußern. Patienten mit ALS, die in Irland leben und die Unterstützung wunderbarer Menschen haben, können sich einer unglaublich vielfältigen Technik bedienen, die Kommunikation möglich macht. Die Augen, die Augenbrauen, sogar ein Muskelzucken, alles kann eingesetzt werden, damit die Patienten wieder eine Stimme haben. Und wenn die ALS einem auch all diese Kommunikationsmittel nehmen kann (der Zustand des ›Locked-in-Syndroms‹), was allerdings selten vorkommt, dauert es doch eine gewisse Zeit, ehe man dieses Stadium erreicht. Und ehe es so weit kommt, kann man seine Wünsche mit der Atmung zum Ausdruck bringen.

Ein Eintreten für Patienten bedeutet für mich: im Namen dieser Patienten zu kämpfen, sich für deren Wünsche einzusetzen.

Das Leben mit ALS am Beatmungsgerät ist nicht das Leben, das sich jeder ALS-Kranke wünschen würde. Aber für diejenigen unter uns, die sich für dieses Leben entscheiden, brauchen wir Menschen, die wirklich für uns eintreten und unsere Entscheidung unterstützen.

Weihnachten

Ich erhole mich allmählich, und mein Körper wird zusehends kräftiger. So schreibe ich wieder den ganzen Tag, bediene meinen neuen Computer mit den Augen.

Ich arbeite am Drehbuch für meinen Film, und nachmittags kommt meine Schwester Kate, und wir sprechen über einzelne Szenen. Ich drucke Entwürfe aus, und die arme Ruth kennt das Drehbuch inzwischen Wort für Wort.

Wir kämpfen mit dem unvertrauten Tagesablauf, mit der ständigen Anwesenheit von Fremden.

Meine Hände kann ich nicht mehr bewegen. Meine Stimme ist unverständlich geworden. Eine verwaschene Parodie von dem, was sie einmal war. Zum ersten Mal benutze ich meine Computerstimme, bin nervös, befangen. Schnell wird sie zu meiner Stimme.

Der Direktor von Jacks Schule bittet mich, das Krippenspiel für die Weihnachtsmesse in der Kirche hier in der Stadt zu schreiben. Ich sage natürlich zu, und es erweist sich als eine seltsam befriedigende Aufgabe. Eine Geschichte von Geburt und Liebe.

Ich habe Amyotrophe Lateralsklerose. Es ist ein Teil von dem, was ich bin, schreitet fort, übt Einfluss aus und lebt mit all dem anderen, was mich ausmacht. Meine größte Lebensleistung besteht darin, dass ich es irgendwie schaffe, der Mensch zu sein, in den Ruth sich verliebt hat. Das ist es. Und unsere Jungs retten uns jeden Tag das Leben.

Seit vier Jahren habe ich inzwischen ALS. Das Beatmungsgerät war bei der Prognose der drei bis vier Jahre Lebenszeit, die mir noch bleiben sollte, nicht berücksichtigt worden. Ich bin über die vier Jahre hinaus und bin wieder im Unbekannten, genau da, wo ich sein will.

Es ist kalt, und der Herbst geht in den Winter über. Das Laub weht über die Straße, hell leuchtend im Sonnenschein. Heute haben wir meine Eltern besucht. Meine Mutter hat das Feuer in der Küche angezündet, und wir haben über Weihnachten gesprochen. Und zum ersten Mal, seit ich ALS habe, spürte ich das auch. Eine innere Nervosität, eine Vorahnung, ein Traum der Weihnachtszeit als Kind. Als wir gehen, strahlt die Sonne, und auch meine Seele strahlt wie die Wintersonne.

Die Gesellschaft geht fest davon aus, dass wir alle dieselben Wünsche und Bedürfnisse haben. Aber das stimmt nur, wenn wir alle auf dasselbe reduziert werden. Das, was uns von anderen Menschen unterscheidet, ist ganz genauso wichtig. Das Geheimnis jedes Einzelnen. Wenn wir alle Bücher lesen, die unsere Eltern gelesen haben, ein paar davon aber auslassen, dafür andere lesen, die sie nicht gekannt haben, werden wir immer noch nicht wissen, was dieser Mensch, der uns im Zug gegenübersitzt, denkt, fühlt, an Erinnerungen mit sich trägt oder träumt. Nie im Leben. Nicht mit Bestimmtheit. Und ist das nicht einfach wunderbar?

Ich sitze in einem Café. Über meiner Schulter liegt ein Schlauch für die Luftzufuhr. Das Lokal ist vollbesetzt mit Leuten, die zu zweit oder zu dritt zusammensitzen und sich beim Mittagessen unterhalten. Zwei Mädchen sitzen mir gegenüber, beugen sich über den Tisch zueinander hin, sind ins Gespräch vertieft. Worüber mögen sie sich unterhalten? Ich schaue mich um. Worüber unterhalten sich alle hier in diesem Stimmenmeer?

Die Wahrheit überdauert nicht. Wenn sie es täte, hinge ein großes Schweigen über der Erde. Wir nehmen aus der Vergangenheit, was wir können, und legen uns den Rest im Lauf unseres Lebens zurecht. Das ist wunderbar. Es bedeutet, dass jederzeit alles möglich ist. Ruth kommt an unseren Tisch zurück, hat unseren Kaffee geholt. Sie ist schwanger mit unserem vierten Kind. Und unserem fünften.

Die Liebe meines Lebens ist schwanger. Wir leben.

Mein kleiner Freund funktioniert. So einfach ist das.

Der Tag, an dem ich herausfand, dass die ALS sich nicht auf meinen Penis ausgewirkt hat, war ein Tag, wie man ihn sich rot im Kalender anstreichen muss. Es ist nicht so wie bei einer Rückenmarksverletzung oder einer Lähmung, das heißt, die ALS nimmt dem Körper nicht die Fähigkeit zu fühlen. Sie nimmt mir die Fähigkeit, meinen Muskeln zu signalisieren, dass sie sich bewegen sollen. Aber da der Penis kein Muskel ist, ist er von der Krankheit nicht betroffen.

Auch anderes bleibt funktionsfähig. Meine Augen. Einige meiner Gesichtsmuskeln. Ich kann immer noch einen winzigen Muskel in der linken Hand bewegen. Es ist nur ein Zucken. Aber Ruth und die Jungs halten gern meine Hand, wenn ich den Muskel, ganz leicht nur, bewege. Es ist eine Verbindung zum Körper, wenn auch nur minimal. Raife nennt diese Anstrengung mein Koboldspiel.

Ruth und ich empfinden die körperliche Verbindung, die zwischen uns noch besteht, als etwas sehr Wertvolles. Und nur wir zwei, ganz allein, haben beschlossen, es mit einem weiteren Kind zu versuchen. Ein Kind als höchster Ausdruck des Lebendigseins.

Zur ersten Ultraschalluntersuchung fahren wir ins Holles Street Hospital. Hier kam Jack zur Welt, im Untergeschoss, vor sechs Jahren. Ganz blau und riesig war er bei der Geburt. Das werde ich nie vergessen. Die Füße der Passanten vor dem Fenster. Mein Erstgeborener.

Wir befinden uns in einem Raum, die Hebamme, Ruth und ich. Ruths Bauch wird mit Gel eingerieben, dann der Ultraschall. Sie wissen ja, dass Sie Zwillinge erwarten, sagt die Frau. Sie machen wohl Witze, sagt Ruth. Die Frau wirkt leicht ungehalten, als sei die Vorstellung, sie könne bei der Arbeit Witze machen, eine Beleidigung für sie. Nein, sagt sie. Ruth und ich sehen uns an, mit aufgerissenen Augen, ungläubig. Nein, wir hatten keine Ahnung, sagt Ruth. Beide schreien wir innerlich. Möchten Sie das Geschlecht wissen? Ja. Ich glaube, ich habe das über meinen Computer gesagt, aber vielleicht war es auch Ruth, oder womöglich habe ich es einfach nur gedacht. Na ja, Zwilling Nummer eins ist ein Mädchen. Ruth und ich fangen an zu weinen.

Ruth hat einen riesigen Bauch. So riesig, man könnte eine Tasse Tee darauf abstellen. Es ist kalt. Es ist Weihnachten. Wir sind auf dem Weg zur Christmette. Ich bin dick und warm eingepackt. Wir bewegen uns im Dunkeln, in der klirrenden Kälte, bewegen uns mit den anderen Leuten auf das gelbe Licht der Kirche zu, da wird mir klar, dass ich so weit vom Krankenhaus weg bin wie nur möglich. Ich habe es geschafft. Ich bin draußen.

Ich habe einige kurze Gedichte geschrieben, um die Geschichte von Christi Geburt zu erzählen, dazwischen einige Weihnachtslieder. Wir sitzen da, in der marmornen Kühle, die Kinder erwecken die Gedichte zum Leben, und ich bin wahrhaft glücklich.

Dieser Tag

Menschen sind schon faszinierend. Ich bin hinten im Auto. Wir fahren schnell. Segeln über Hubbel auf der Straße wie auf Wellen. Mein Stuhl hebt sich vom Boden. Hinten im Wagen mit mir sitzt meine Freundin Cait aus Limerick. Verrückt. Fast die ganze Zeit muss ich mich schieflachen über sie. Vorn sitzt mein Schwager Pierre-Yves. Franzose. Verrückt. Rast wie ein Irrer. Aber heute fährt er nicht. Er telefoniert mit seiner Mutter, stößt einen rasanten Schwall Französisch hervor. Sie hat Geburtstag heute. Meine Mutter fährt. Kreischend. Verrückt. Rast wie eine Irre. Ich bin auf dem Weg ins Krankenhaus. Ruths Kaiserschnitt ist für zwölf angesetzt. Es ist zwanzig vor.

Ich glaube an Geburtstage. Inzwischen zähle ich vorwärts, nicht rückwärts. Ich schaue voraus auf meinen Vierzigsten und denke: Ja. Ja, bitte. Wenn ich höre, wie alt jemand ist, ziehe ich meine von dessen Jahren ab. Siebenundsechzig. Dreißig Jahre weiter als ich. Alte Leute sind am schlimmsten. Neunundneunzig. Sechzig Jahre mehr. Herrgott. Voller Ehrfurcht schaue ich auf alte Leute. Ihr habt es geschafft.

Zurückschauen ist einfacher. Fünfundzwanzig. Ich habe schon zwölf Jahre weiter gelebt. Ja.

Dann schaue ich auf meine Kinder, sechs, vier und drei, und ich sehe, wie viel sie in ihrem Leben schon gelebt haben, wie viel aus ihnen schon geworden ist. Und ich sage: Wacht auf, lernt etwas. Es ist alles da, ihr müsst es euch nur nehmen.

Es kommt recht oft vor, dass es für Leute, die mich in den vergangenen vier oder fünf Jahren nicht gesehen haben, fast unmöglich ist, den Unterschied zwischen damals und heute zu verkraften. Ich nehme ihnen das nicht übel. Ich finde es ja oft selber schwierig. Ein Ausweg für mich ist, wenn ich denke: Ich bin im fünften Jahr mit ALS. Der Zweite Weltkrieg hat sechs Jahre gedauert.

Ich bin nervös. Tief innen im Bauch. Das habe ich alles schon einmal durchgemacht, doch nichts hat sich geändert. Pierre-Yves dreht sich im Auto zu mir nach hinten um, mit dem Handy noch am Ohr, und sagt: Mum fragt, ob du weißt, dass das Wort Kaiserschnitt von den römischen Kaisern kommt, weil Cäsar das erste so auf die Welt geholte Kind war.

Nein, das habe ich nicht gewusst. Er schlüpft zurück ins Seidige der französischen Sprache. Cäsar, denke ich. Cäsar ist so auf die Welt geholt worden. Na schön. Die Nerven tief innen im Bauch entspannen sich ein wenig. Wir nähern uns dem Holles Street Hospital.

Geschichte. Überall um uns herum. Gebäude, älter als wir alle. Die Nachrichten vermitteln uns Tag für Tag, was wichtig ist. Aber es gibt eine wichtigere Geschichte. Die Dinge, die wir sammeln. Die Fotos, die wir aufhängen. Die Dinge, die wir benutzen. Unsere lebhafte Erinnerung. Die Spur, die wir zurücklassen.

Als Ruth und ich unser erstes Haus suchten, besichtigten wir einen Bungalow, den wir uns nicht leisten konnten. Auch andere Leute gingen im Haus herum, betraten und verließen Zimmer. Es war einladend, altmodisch, aber sofort behaglich. Die Küchenschränke waren schlicht, im Stil der 70er-Jahre, und das Fenster über der Spüle ging auf einen Garten, in dem ringsum Pflanzen blühten. Leute standen im Garten. Ruth ging hinaus. Ich blieb allein im Zimmer stehen. Ich öffnete einen schmalen Schrank in der Nähe der Hintertür. Auf einem kleinen Regal lag ein Paar Gartenhandschuhe, frische, dunkle Erde krümelte noch von den Fingerspitzen. Ich war erschrocken. Peinlich berührt. War mir plötzlich bewusst, dass ich etwas Falsches machte. Wieso hatte ich den Schrank geöffnet? Ich sollte gar nicht hier sein. Schnell machte ich ihn zu und lief hinaus, Ruth hinterher.

Als wir gehen wollen, frage ich den Immobilienmakler. Ja, sagt er mir, die Besitzerin ist erst vergangene Woche gestorben, eine ältere Dame, die allein gelebt hat. Die Familie hofft auf einen raschen Verkauf. Er lächelt. Ich möchte am liebsten aus dem Haus rennen.

Am Eingang des Holles Street Hospital warten sie auf uns. Begleiten uns schnell nach oben. Meine wunderbaren Helfer ziehen mir einen Kittel über, setzen mir eine

Haube auf. Die Zeit ist stehen geblieben. Ich komme in den Kreißsaal.

Ruth liegt auf dem OP-Tisch. Ärzte und Schwestern sind der Wahnsinn, schieben mich hinein, helfen mir, die bestmögliche Position neben Ruth zu finden (später erzählt mir Ruth, wenn ich mich nur noch ein einziges Mal zurück und wieder vorwärts bewegt hätte, hätte sie mich umgebracht [ich war nervös]). Sie fangen an. Ruth hält meine Hand. Ich beobachte alles. Sadie kommt mit den Füßen voran, schreit, ist blau. Dann Hunter, den Popo hoch in die Luft gereckt, aber ruhig. Ruth und ich sehen uns an. Sie legen ihn neben Sadie, und er schreit gewaltig. Ruth und ich fangen an zu weinen.

So viel Geschichte. Die Tage, die ich gelebt habe. Die Orte, die nachklingen, der einzelne Moment, der bleibt, wie etwas aus einem Buch, das man einmal gelesen hat. Flüchtige Blicke, die in uns ausharren. Wir sind seltsam.

Wir wollen alles wissen. Doch vieles entzieht sich unserem Verstehen. Wenn wir wüssten, wie der Körper funktioniert, gäbe es keine Krankheiten. Wüssten wir, wie der Geist funktioniert, gäbe es keine Schmerzen. Aber da gibt es zu viel, über das man reden muss. Mehr Geheimnis als Geschichte.

Ich schreibe in Bruchstücken. Lebe in Bruchstücken. Menschen leben in meinem Bewusstsein. Menschen, die ich berührt habe. Ein Kaffee und eine Zigarette an einem kleinen Holztisch, ein Mädchen sitzt neben mir. Wissen und nicht wissen. Lieben.

Pfade. Begangen. Beschritten. Und am Ende werden wir gelebt haben.

An ein Auto gelehnt, auf einer abschüssigen deutschen Straße. Auf jemanden warten. Wolken und Sonne. Es ist kalt, wenn sich die Wolke vor die Sonne schiebt. Ich schaue hoch, die Wärme auf meinem Gesicht. Ich sehe eine Wolke herankommen. Wie lange noch, ehe ich im Schatten stehe? Ich folge dem Lauf der Wolke zur Sonne. Ich halte inne. Schließe die Augen. Spüre die Wärme auf dem Gesicht.

Meine wunderbare Frau. An der ALS würde ich nichts ändern. Diese beiden Babys in meinen Armen. Ihre Wärme an meinem Körper. Ihr sanftes Auf und Ab mit meinem Atem. Das würde ich für nichts auf der Welt aufs Spiel setzen.

Eucharistie bedeutet Danksagung. So empfinde ich das. Danke, Cäsar. Danke, ihr alle, die ihr über Ruth und Sadie und Hunter gewacht habt. Ich schicke euch ein Dankeschön. Ein Leuchtfeuer. Irgendetwas. Von so tief innen, wie ein Mensch nur gelangt. So weit hinausstrahlend, wie es nur geht. Diesen Tag werde ich bis ans Ende meines Lebens bewahren.

Sechs Monate inzwischen. Sadie und Hunter sind pummelige, wunderschöne Knäuel voller Leben, mit Händen, die nach meinem Gesicht greifen. Die ALS hat in den vergangenen Monaten zurückgeschlagen, hat mich in Schrecken und Panik versetzt und mich nach Luft japsen lassen.

Letzte Woche erreichte ich den Tiefpunkt und ließ mich ins Krankenhaus einweisen, zum ersten Mal, seit ich letztes Jahr im März entlassen worden war.

Es war das St. Vincent's Hospital in Dublin, und die Woche, die ich dort verbrachte, veränderte mein Bild von den Fachärzten. Die warmherzigen, aufrichtigen Menschen, denen ich dort begegnete, haben mich wie einen Menschen mit Würde behandelt, nicht als Krankheit.

Ich weiß nicht, wie andere Leute mit der ALS umgehen, aber mich deprimiert sie manchmal so sehr, dass ich keine Ahnung habe, wie ich weitermachen soll. Es ist ein Gefühl, als würde man mich foltern, tausend kleine Stiche, die ich, jeden für sich, gar nicht wahrnehme, aber allmählich, mit der Zeit, fangen sie an zu schmerzen, bis ich plötzlich weine. Es sind winzige Dinge, die ich kaum registriere, kleine Verletzungen, an die ich mich gewöhnt habe. Jemand, den ich liebe, der mich nicht versteht. Einer der Jungs, der mir gegenüber etwas erwähnt von einer Sache, die ich nie wieder mit ihnen machen werde. Die Hunderte von drängenden Wünschen, etwas ganz simples Menschliches zu tun, was ich aber nicht kann, zum Beispiel mit Jack auf einem Sofa sitzen und ihm aus einem Buch vorlesen und ihn halten, meinen Arm um ihn legen, ihn kitzeln. Ich glaube, ich schlage mich ganz gut, dann merke ich, ich halte mich mit Gott weiß was aufrecht. Mit etwas Unzerstörbarem, das der Schmerz zu zerstören versucht.

Und dann fahren die Jungs mit ihren Tretrollern an der Tür vorbei. Punkt. Punkt. Strich. Oder sie spazieren im Schlafanzug ins Zimmer, mitten in einer kunstvoll erdachten Welt aus Echsen und Königen, und der Jüngste betrachtet seine Brüder mit Augen aus Glas. Oder einer der Jungs steht einfach nur an der offenen Tür und sagte: Hi, Dadda. Und dann weiß ich es wieder.

Und ich schreibe. Schreiben ist meine Methode zu kämpfen.

An manchen Tagen sieht man einfach klar. Unser Sinn, was wir wertschätzen, das ist der innerste Kern von uns. Womöglich das, was uns ausmacht. Es beeinflusst alles, was wir tun, alles, was wir sagen, alles, was wir fühlen, alles, was wir träumen. Es ist verborgen, vor anderen, vor uns. Es gibt keinen Spiegel, der es uns offenbart. Oft zeigt es sich uns also erst im Nachhinein, im langen Film des Gedächtnisses. Und wenn wir es sehen, bleibt uns das Herz stehen, es schmerzt in der Erkenntnis. Es ist wunderschön, sich selber zu sehen.

Ich bin noch am Leben.

Ich befinde mich auf der Fahrt vom Krankenhaus nach Hause und sehe mein Spiegelbild in meinem Computer. Um die Stirn habe ich einen schwarzen Gurt und unter dem Kinn einen weißen, ein Schlauch kommt aus meiner Kehle und führt über meine Schulter. Ich sehe aus wie ein verrückter Reiter in der Wüste, der über die doppelspurige Schnellstraße rast.

Ich bin noch am Leben. Ich scheine prächtig zu gedeihen mit den Dingen, die mich umbringen wollen. Ich bin noch am Leben, du Mistkerl.

Wenn ich sterbe, sagt nicht, Simon hat Filme geliebt. Sagt, Simon hatte in sich genauso viel Liebe wie Blut. Das ist alles. Ich rase auf eine Brücke zu.

Was ist der Mensch?

Ich hatte ein anderes Leben. Vor diesem. Bevor der Tod sich neben mich stellte. Mein Tod.

Am Tod ist nichts Romantisches. Es ist der nackte Schrecken.

Ein Leben. Jetzt flüchtig festgehalten auf Fotos und im Gedächtnis, Fotos von Simon, wie er einmal war. Wie er geht, redet, isst, trinkt. Atmet. Simon.

Wie viel Leben ist noch in ihm? Wie breit ist die Kluft zwischen Vorher und Nachher? Was ist der Mensch? Wie viel kann man jemandem nehmen, und was bleibt?

Ich hatte ein anderes Leben.

Der Baum

Ich liege auf dem Rücken auf dem Fußboden. Der Teppich in meinem Zimmer ist blau. Ich bin verliebt.

Sie ist eine Blondine, die jeder liebt, aber wahrscheinlich nicht so sehr, wie ich sie liebe. Ihr Gesicht macht etwas mit mir. Ihr Körper.

Der Teppich ist zerschlissen, aber ich mag es, wie er sich unter meinen Fingern anfühlt. Das ist mein Zimmer. Ich bin vierzehn.

Ein Jahr zuvor fing ich an, Gedichte zu schreiben. Etwas, wohin ich meinen Schmerz legen konnte. Die Dinge, über die ich nicht sprechen kann. Ich habe einen Freund, dem ich die Gedichte zeige. Er liest Gedichte. Er versteht. Ihn liebe ich auch. Schaue auf zu ihm. Ich will er sein. Ich erzähle ihm all meine Geheimnisse. Wie das über das Mädchen, das ich liebe. Er hat so viel Selbstbewusstsein, dass er die ganze Zeit mit ihr spricht, in der Schule oder wenn wir im Park sind. Sie berührt ihn, wenn er sie zum Lachen bringt. Aber er liebt sie nicht. Ich weiß nicht, wen er liebt. Sie weiß nicht, wie ich heiße.

Heute werde ich sie sehen. Ich weiß es. Ich ziehe mein Lieblingshemd an. An ihrer Schule ist Tag der offenen Tür, alle gehen hin. Es ist mitten im Sommer.

Ich gehe über den Flur. Meine Schwester Kate ist in ihrem Zimmer, hört Musik. Sie ist ein Engel. Sie ist zehn. Ich schaue rein, als ich vorbeigehe. Auf ihrem Kaminsims hat sie einen Altar für die Mutter Maria. Statuen aller Formen und Größen. Manchmal sehe ich sie auf den Knien. Sie hat Angst vor der Unendlichkeit, vor der Vorstellung, dass die Dinge ewig dauern, vor dem Himmel. Sie wacht weinend auf.

Ich gehe an der Tür vorbei, dahinter die Treppe zur dritten Etage und den beiden Zimmern unterm Dach. Eines ist das Zimmer meiner älteren Schwester Ruth. Dahin gehe ich nicht. Sie raucht am offenen Fenster ihres Zimmers. Sie ist achtzehn. Neulich kam sie die Treppe herunter und gab mir wortlos ein Buch. *Kind der Prophezeiung* von David Eddings. Ich lese es an einem Tag aus.

Vor ein paar Wochen gab Dad mir ein Exemplar des Romans *Früchte des Zorns* von John Steinbeck und sagte: Das musst du lesen. Eine Woche später gab er mir Joseph Hellers Buch *Catch 22*.

Aus der Küche höre ich das Radio. Mum ist da drin. Sie und ich sind Freunde. Mum ist der Mittelpunkt der Familie, ein Kern, um den wir alle kreisen.

Vom Flur aus sehe ich, dass der Fernseher im Wohnzimmer an ist. Es ist Samstag. Dad sieht sich einen Film an.

Film ist bei uns zu Hause eine Religion. Wenn wir einen Film sehen, darf nicht gesprochen werden. Man sieht einen Film von Anfang bis Ende.

Mein Vater lehrte mich, Filme zu lieben. Wie es sein Vater davor bei ihm gemacht hat. Dad wuchs auf vor der Verbreitung des Fernsehens, im goldenen Zeitalter des Kinos. Er wohnte in Dublin in einer Gegend mit vielen kleinen, unabhängigen Lichtspielhäusern. Meinen ersten Kinofilm sah ich, als wir in Cork wohnten. *Die Katze aus dem Weltraum*. Ich war fasziniert.

Als ich sechs war, sah ich zusammen mit Dad *Der Pate*. Er erklärte mir immer, in welcher Beziehung die Leute zueinander standen. Und dass Sonny außerhalb der Familie nicht hätte reden dürfen. Er weinte, als Marlon Brando sagt: ›Seht doch bloß, wie sie meinen Jungen niedergemetzelt haben.‹ Meine Liebe zum Kino war entflammt.

Mein Onkel Bobby, der Bruder meines Vaters, ist auch ein ganz großer Filmliebhaber. Er ist ein richtiger Universalgelehrter und der einzige mir bekannte Erwachsene, der die Geduld hat, stundenlang stillzusitzen und über etwas zu diskutieren. Er gehört zu unserer Familie und hat enormen Einfluss auf mein Leben.

Ich hatte eine wunderbare, glückliche Kindheit. Aber ich kann nicht ewig im Haus sitzen. Ich gehe raus.

Ich gehe über die Straße, rüber zu dem Baum, an dem sich die Jungs versammeln, mit denen ich rumhänge. Meine Freunde sind das nicht. Sie sind einfach nur ein paar Jungs, die Freude daran haben, andere zu demütigen. Mobbing ist ein anderes Wort für Demütigung. Ich habe keine Ahnung, weshalb ich bei diesem Baum mit ihnen herumhänge. Mein Wunsch, Freunde zu haben, ist mir wohl wichtiger als der Preis, den ich dafür zahlen muss.

Ich trete in den Schatten, den der Baum wirft. Sofort geht es mit den Beleidigungen los. Ihnen ist aufgefallen, dass ich mir mit der Kleidung mehr Mühe gegeben habe. Ihnen fällt alles auf. Alles, was anders ist. Das Andere ist die Währung der Demütigung. Ich bin anders. Ein bisschen pummelig. Ein Junge mit zwei Schwestern, zur Liebe erzogen. Ein leichtes Ziel.

Ich weiß nicht, wieso ihnen mein Hemd auffällt. Sie fangen an, ihren Namen zu sagen, den Namen von dem Mädchen, das ich liebe. Mein Freund muss es ihnen erzählt haben. Er sitzt auf einem Ast in dem Baum und sagt nichts.

Vergangene Woche waren wir alle auf einer Baustelle, voller Schlamm nach stundenlangem Regen. Jemand warf eine Handvoll Schlamm auf mich. Innerhalb von Sekunden haben mich alle umringt, lassen Schlamm auf mich niederregnen. Ich halte mir die Hände vors Gesicht. Alle lachen. Mein Freund steht einfach nur da. Ich glaube, ich sehe ihn etwas werfen. Ich bin nicht sicher. Als sie aufhören, laufe ich nach Hause. Ich klettere an der Hausfassade hoch zu meinem Zimmer. Als ich durchs Fenster einsteige, betritt meine Mutter das Zimmer. Sie sieht mich, mein Gesicht, meine Kleidung, bedeckt mit getrocknetem Schlamm, und sie gibt Laute von sich, sagt Worte, die ich nicht verstehe. Bis auf die Haut bin ich besudelt mit Scham.

Es ist mein Geburtstag. Es klingelt an der Haustür. Meine Eltern sind nicht da, nur meine Oma und ich sind im Haus. Ich bin oben und höre, wie Oma die Haustür aufmacht. Stimmen. Gelächter. Ich spüre es tief unten im Magen. Ich gehe ins Erdgeschoss in den Flur. Sie veräppeln meine Oma, und ich sehe, dass sie schon ziemlich durcheinander ist. Sie hat Alzheimer. Das wissen die. Ich nehme meine Oma sacht am Arm, sage ihr, dass alles in Ordnung ist. Sie wirft mir einen verängstigten Blick zu und geht ins Haus zurück. Ich gehe raus zu den Jungs auf der Türschwelle, ziehe die Haustür hinter mir zu. Einer von denen lacht. Ich schlage ihm ins Gesicht. Er stößt mir die Faust in den Magen. Ich gehe zu Boden. Sie sind alle größer als ich. Sie ziehen mich hoch, versöhnen sich mit mir, reden mir gut zu, fragen mich, ob ich an meinem Geburtstag rauskomme. An ihren Stimmen ist nichts Besonderes zu merken. Ich mache ein paar Schritte weg vom Haus, gehe die Straße hoch.

Wir gehen ein Stück, biegen um eine Ecke, in eine schmalere Straße. Sie umzingeln mich und bewerfen mich mit Eiern. Das war von Anfang an ihr Plan. Als sie fertig sind, schubse ich einen von ihnen, den Anführer, und sage: Ich hasse dich. Ich meine das aus vollem Herzen. Er lacht mir ins Gesicht. Da begreife ich, dass ich ihm nichts bedeute. Meine Liebe, mein Hass, nichts. Und etwas in mir verändert sich. Besudelt mit Eiern und Eierschalen gehe ich nach Hause. Es ist mein Geburtstag.

Ich stehe unter dem Baum in dem Hemd, das ich so mag, und sehe sie alle von Weitem. Mein Freund ist nicht mein Freund. Er ist feige. Und die anderen sind nicht nur zu mir bösartig, sondern auch untereinander. Sie sind hinterhältig, beschimpfen sich, machen sich nieder. Das ist ihre einzige Ausdrucksmöglichkeit. Wie erbärmlich.

Wir gehen zur Schule. Ich und diese Jungs. Ich weiß, sie wird da sein. Wir marschieren durchs Schulgebäude. Die Flure sind vollgestopft mit Erwachsenen und Kindern. Wir betreten ein Klassenzimmer. Am anderen Ende gibt es noch eine Tür. An den Wänden hängen Bilder, und wir gehen daran vorbei, als sie durch die andere Tür hereinkommt, auf uns zukommt, in einer Gruppe Mädchen. Prompt fliegen mir von allen Seiten her die Beschimpfungen und Beleidigungen um die Ohren. Ich spüre, wie ich rot werde. Ich sehe sie. Sie ist wunderschön. Überirdisch schön. Und kommt auf mich zu. Ich brenne äußerlich und innerlich, die Worte der Jungs um mich herum werden zu einem dumpfen Dröhnen. Sie bedeuten mir nichts. Dieses Mädchen bedeutet mir etwas.

Vier Stückchen Papier

In meinen Gedichten geht es nicht mehr um Traurigkeit, es geht um Freude. Um Liebe. Die Welt um mich herum. Ich bin aufgewacht.

Wenn körperliche Fähigkeiten in einem früheren Stadium von Kindheit und Jugend das bestimmende Merkmal waren, so ist das in dieser Phase nicht mehr der Fall.

Ich bin nicht mehr pummelig. Ich komme aus einem Haushalt voller Liebe und Frauen, ich weiß, wie man mit Mädchen spricht. Statt brutaler Gewalt habe ich einen gewissen Sinn für Humor entwickelt. Die anderen bekommen von mir nur noch den Staub zu sehen.

Mädchen. Der Grund, am Leben zu sein. Der Ort all meiner Liebe. Das Andere. Schönheit. Mädchen.

Ihr Nacken. Die Art, wie sie dastehen, die Füße zusammen. Die nackten Füße. Die Art, wie sie sich bewegen, wenn sie nicht wissen, dass sie beobachtet werden. Eine hochgezogene Hüfte. Anmut. Ihre Formen. Die Sanftheit ihrer Haut, ihrer Arme, ihres Gesichts.

Mädchen. Mädchen. Mädchen.

Mädchen mit großen Zähnen. Mädchen mit kleinen Zähnen. Mädchen mit dicken Möpsen. Mädchen mit kleinen Möpsen. Lange Haare. Kurze Haare. Schlechte Haut. Reine Haut. Schmale Lippen. Volle Lippen. Große Mädchen. Dicke Mädchen. Kleine Mädchen. Dünne Mädchen. Ich verliebe mich in sie alle.

Wir sind bei jemandem zu Hause, und die Eltern sind nicht da. Vier Jungs, vier Mädchen. Die Mädchen gehen in vier verschiedene Zimmer des Hauses. Vier Stückchen Papier liegen auf dem Couchtisch vor uns. Ich nehme einen Zettel. Darauf steht: ›Toilette‹.

Toll.

Ich stehe auf dem Flur vor der Toilette, und die anderen Jungs bewegen sich auf andere Türen zu. Ich weiß nicht, wer mich erwartet. Ich mache die Tür auf. Es ist ein winziger Raum mit tatsächlich nur einer Toilette. Auf dem Klodeckel sitzt ein Mädchen mit elfenbeinerner Haut und schwarzem Haar. Ein Mädchen wie eine Elfe. Ich ziehe die Tür hinter mir zu. Wir sehen einander an, ihre Augen sind groß und dunkel. Ich hab das noch nie gemacht, sage ich. Ich auch nicht, sagt sie. Ich beuge mich vor, und wir küssen uns. Unsere Münder berühren sich, und unsere Zungen flattern ganz leicht. Mein Körper wird lebendig unter ihrer Berührung. Ich stehe da, und wir sehen einander an, aber sagen kein Wort. Ganz benommen verlasse ich den Raum. Mein erster Kuss.

Meilenweit weg von zu Hause. Mitten in der Nacht. Vollmond. Ich liege auf einem Hügel, in der Umarmung eines Gedichts, und schreibe wie im Rausch. Ich bin verliebt in die Welt und stelle alles von Anbeginn an infrage. Was ist der Mond? Ich schreibe, wie er sich für mich anfühlt, ein brennender Tropfen auf der Sichel des Schleiers des Wissens, und ich muss ihn ganz schlucken. Ich lege mich ins taudunkle Gras zurück und sauge ihn ein.

Weiße Fahrräder

Ich arbeite in einem Videoladen in der Nähe. Tausende von Filmen, die ich mir umsonst ansehen darf. In meinem Zimmer habe ich einen weichen braunen Sessel und einen winzigen Fernseher, den ich in den vier Ecken der Decke mit vier riesigen Lautsprechern verkabelt habe. Perfekt. Jeden Abend nach der Arbeit sehe ich mir einen Film an.

Wir leben in einer Kultur der Schrift, und immer wieder wird man gefragt: Welches Buch hat Ihr Leben verändert? Aber in meinem Fall hat ein Film mein Leben verändert. Es ist mir peinlich, dass es kein Buch ist. Aber man sucht sich schließlich nicht aus, was einen verändert.

Es ist Peter Weirs *Der Club der toten Dichter*. Er spricht mich unmittelbar an. Er spricht zu mir auf jede nur denkbare Weise. Ich gelobe, mich dem Schreiben zu widmen.

Ich gehe mit Mädchen aus. Langes braunes Haar. Langes schwarzes Haar. Mädchen, die leise Laute von sich geben, wenn wir uns küssen.

❧

Ich verliebe mich in ein Mädchen, das meine Liebe nicht erwidert. Ich gehe mit ihrer Freundin aus. Aber dabei fühle ich mich ganz elend. Wir fahren zum Zelten an die Küste. Wir sind eine ganze Gruppe. In der Nacht gibt es einen Sturm, der mit heftigen Strömen von Regen alle Zelte umreißt. Über einen Klippenpfad laufen wir zum Strand runter, zu einer Höhle, um Schutz zu suchen. Wir sind völlig durchnässt. Als der Regen aufhört, gehe ich an den Strand und setze mich ans Ufer. Das Mädchen, das ich liebe, folgt mir und setzt sich neben mich. Wir sprechen kein Wort. Der Mond wirft einen glänzenden Pfad übers Meer.

Wir schlafen in der Höhle. Wir alle, dicht aneinandergedrängt. Mitten in der Nacht wache ich auf, vor Kälte zitternd bis ins Mark, mit klappernden Zähnen. Ich fasse an meinen Schlafsack. Alles ist vollkommen durchnässt. Das Meer ist jetzt dicht bei der Höhle.

Am Morgen frühstücken wir Burger von einem fahrenden Imbissstand.

Ich rufe zu Hause an. Mein Dad schreit mich am Telefon in Grund und Boden. Was um Himmels willen hast du dir bloß dabei gedacht? Er erzählt mir, meine Mutter habe ihn mitten in der Nacht geweckt und ganz aufgeregt gefragt: Wo ist Simon? Er habe geantwortet: Mach dir keine Sorgen. Dann habe er sie am Arm berührt, und sie sei eiskalt gewesen. Sie hätte mit den Zähnen geklappert. Dad wollte gar nicht aufhören zu brüllen, bis ich ihm von dem Sturm erzählte und sagte, dass es mir gut gehe.

Ein paar Tage später, an der Theke vom Videoladen, beschließe ich, dass ich mich nicht länger elend fühlen will. Ich beschließe, in dieses Mädchen ab sofort nicht mehr verliebt zu sein.

In der Schule schließe ich ein paar echte Freundschaften. Mit Leuten, die sich für andere interessieren, sich um andere kümmern. Mit Leuten, die ihre Erfahrungen mit anderen teilen wollen. Freunde.

Wir sind alle im selben Englischkurs. Der Lehrer ist promovierter Anglist, und er ist zu Tode gelangweilt, weil er seit Jahrzehnten nach demselben Lehrplan unterrichten muss. Er ist sogar beim Sprechen gelangweilt, und alles kommt in Zeitlupe aus ihm heraus, jedes Wort zieht er Silbe für Silbe auseinander: Miiii-chael, sagt er zu einem Schüler, der im Unterricht eine Lederjacke anhat, du siehst aus wie etwaaaas, das ein Motorrad ausgespuckt hat. Das Ergebnis ist eine einzigartige Lernerfahrung im Englischunterricht. Denn es gibt nur eines, was er wirklich mag. Geschichten. Unsere Geschichten. Er hat es gern, wenn wir Geschichten schreiben, sie in der Klasse vorlesen und über sie diskutieren. Es ist mehr wie ein Unterricht im kreativen Schreiben als sonst etwas. Es ist mein Lieblingsfach.

Ich entdecke Ridley Scotts *Blade Runner*. Sofort wird das zu meinem Lieblingsfilm. Ich fühle mich von der Welt dieses Films auf eine Weise angezogen, die ich nicht erklären kann. Wieder und wieder sehe ich ihn mir in meinem Zimmer an.

Ich schreibe mich am University College von Dublin ein. Ich will Englisch und Philosophie studieren. Ich habe gerade meine erste auf Dauer angelegte Beziehung. Ich habe zum ersten Mal Sex. Im zweiten Jahr falle ich durch. Ich bin gerade in Cape Cod, an der Ostküste der Vereinigten Staaten von Amerika, arbeite den Sommer über als Küchenchef, wohne mit meiner Freundin in einem kleinen Cottage. Und da erhalte ich die Prüfungsergebnisse. Ich bin geschockt und bekomme es mit der Angst, kündige auf der Arbeit und gehe jeden Tag in die Stadtbücherei, um zu lernen. Ich fliege nach Hause und bestehe im Sommer die Nachprüfungen. Ich dritten Jahr mache ich mein Examen mit Auszeichnung.

Mit meinen Freunden verlasse ich das Land. Wir fahren nach Deutschland, nach Nürnberg.

Ich mache die Nachtschicht in der größten Druckerei Europas. Das ist eine kleine Stadt für sich. Den Angestellten werden Fahrräder gestellt, damit sie überall hinkommen. Weiße Fahrräder. Ich gebe mir Mühe, die Waggons der Frachtzüge nicht zu zählen, die endlos draußen vorbeifahren. Davon schläft man ein. Es ist Fließbandarbeit. Behalte-die-Uhr-im-Auge-Arbeit. Im Kopf lasse ich Gedichte entstehen. In der Pause stehe ich draußen und esse deutsches Brot und deutschen Käse. Ich sehe mich um, betrachte die nächtliche Industrielandschaft. Ungefähr tausend Meilen weit nur weißer Rauch und Lichter. Ungefähr tausend Jahre lang Männer bei der Arbeit.

Winter in Berlin

Von diesem Hügel aus liegt das Blau der See in jeder Richtung. Dazu das Blau eines wolkenlosen Himmels. Hier möchte ich leben. In der perfekten Stille der Hitze. Santorin. Mykonos. Ios. Den ganzen Tag lassen wir uns die Sonne auf die Haut brennen, die ganze Nacht trinken wir. Es war ein langer dunkler Sommer in Deutschland.

Ich fahre nach Hause, um mein Abschlussexamen zu machen, aber Deutschland zieht mich wieder zurück. Ich stehe an der Bushaltestelle in Greystones, höre Musik, warte auf den Flughafenbus. Die Musik ist mitreißend, und ich bin ganz aufgeregt. Es fühlt sich an wie der Beginn von etwas. Berlin. Ein Gesicht taucht vor mir auf. Das blonde Mädchen, in das ich mit vierzehn verliebt war. Ich hatte gehört, dass sie eine Weile in Australien gelebt hat. Sie sagt meinen Namen, küsst mich auf die Wange und ist wieder verschwunden, ehe ich den Kopfhörer herunternehmen kann. Ich schwöre, meine Füße lösen sich vom Boden.

Ich treffe früh bei dem Gebäude ein. Es ist heruntergekommen, ein Gerüst steht davor, alles mit Plastik abgedeckt. Nebenan befindet sich eine Grundschule. Alles still. Zu früh für Kinder. Ich schiebe die Plastikplane zur Seite und steige über die ramponierte Treppe bis ganz nach oben. Das Gebäude hat kein Dach. Auf den Bodendielen eine dicke Kruste aus Eis und Schnee. Männer stehen im Schatten, rauchen. Es ist mein erster Tag auf der Baustelle. Die Leute sind grau und unfreundlich. Wir warten auf den Vorarbeiter. Es ist eiskalt. Winter in Berlin.

Der Vorarbeiter kommt, mustert mich einmal und stellt sich zu den anderen Männern, brummt etwas auf Deutsch und schaut in meine Richtung. Hier spricht keiner Englisch. Mein Deutsch ist nur Kauderwelsch. Der Vorarbeiter ruft mich zu sich, und die Leute verteilen sich, bilden einen weiten Kreis um uns zwei. Der Vorarbeiter geht zu einem Eisenträger auf dem Boden, bückt sich, packt ihn mit beiden Händen. Mit Zeichen gibt er mir zu verstehen, dass ich ihn am anderen Ende ebenfalls anfassen soll. Das kann ja wohl nur ein Scherz sein, denke ich und sehe mich nach seinen Leuten um. Sie starren zurück. Wohl doch kein Scherz. Ich bücke mich und packe den Träger mit beiden Händen. Ich suche den Blickkontakt zum Vorarbeiter, und dann heben wir zusammen den Träger an. Das Gewicht ist schier unmöglich, nie zuvor habe ich so etwas gefühlt. Wir brechen den Augenkontakt nicht ab, während er mich führt. Das Gesicht des Vorarbeiters ist rot geworden, und eine dicke Ader zeichnet sich auf seiner Stirn ab. Viel weiter schaffe ich es nicht. Wir setzen den Träger ab. Er kommt rüber, tätschelt mir den Rücken. Ich habe den Test bestanden. Seine Leute stehen überall um uns herum, alle lächeln. Man bietet mir eine Zigarette an. Ich bin Nichtraucher. Wir rauchen.

Ich bekomme meine erste Aufgabe. Ich muss vor einer Mauer stehen, während ein Typ sie von der anderen Seite her abreißt. In dem Moment, in dem die Spitze des Presslufthammers durch die Mauer stößt, muss ich die herausgebrochenen Ziegel einsammeln und in eine Schubkarre stapeln. Das ist alles. Es kostet einiges an Nerven, darauf zu warten, dass der Hammer erscheint, und dann schnell genug die Ziegel zu packen. Wenn die Schubkarre voll ist, muss ich sie über eine Holzplanke bugsieren, die sich über die ganze Länge des Fußweges fünf Stockwerke tiefer spannt. Dann muss ich alles in eine Röhre kippen, die einen riesigen Abfallcontainer auf der Straße füttert.

Meine erste Schubkarre ist mit Ziegeln bis oben hin vollgeladen. Sie muss wohl eine Tonne wiegen. So fühlt es sich jedenfalls an, als ich sie zu der schmalen Planke schiebe. Der Schnee auf der Planke ist festgetreten, das Resultat ist Glatteis. Das Rad der Karre gerät ins Schlingern, als ich mich daranmache, die Planke zu überqueren. Ich bewege mich nur noch im Schneckentempo fort. Ich schwitze, sogar in dieser Kälte. Zentimeter für Zentimeter arbeite ich mich voran, das Rad rutscht weg, die Schubkarre schert aus, kippt zu der einen Seite, Ziegel fallen heraus. Ich mache einen Satz nach vorn, werfe mich mit dem ganzen Körper über die Ziegel, packe die Seiten der wegrutschenden Schubkarre, versuche, sie wieder aufzurichten. Ein heftiger Schmerz schießt mir durch den Rücken. Die Karre ist zu schwer. Ich kann die Ziegelsteine in den Armen festhalten, aber ein einzelner kippt über den Rand der Planke, verschwindet aus meinem Sichtfeld. Die Zeit verlangsamt sich. Ich habe keine Ahnung, ob ich rufe. Aber ich glaube schon. Ich klammere mich an die Stange des Geländers, ziehe mich hoch und schaue nach unten. Fünf Stockwerke tiefer sehe ich ein kleines Mädchen in rotem Mantel, Schultasche auf dem Rücken. Die Kleine steht stocksteif da. Sie starrt auf den Ziegelstein, der sich in den Schnee des Fußweges gegraben hat, ungefähr fünf Zentimeter vor ihr. Ich spüre, wie mir alles Blut aus dem Gesicht weicht. Da schaut die Kleine zu mir hoch, ihr rundes Gesichtchen ist so bleich wie der Schnee.

Ich komme in die Wohnung, in der ich ein Zimmer habe, total erledigt von meinem ersten Arbeitstag. Meine Freunde sind da. Ich setze mich. Heute habe ich beinahe ein Mädchen umgebracht, sage ich und versuche zu erklären. Sie scheinen es nicht zu begreifen. Ich schlafe auf dem Sofa ein.

Ich gehe aus mit einer Deutschen aus Wuppertal. Sie ist Künstlerin und malt auf großen Leinwänden in ihrem Zimmer ganz oben im Haus, wo sich breite Fenster auf die Stadt hin öffnen. Wir gehen in die Kneipe, in der wir uns mit ihren Freunden treffen wollen. Auf dem Nachhauseweg kommen wir an einem langen, schmalen Gebäude vorbei. Dessen Fenster gähnende schwarze Löcher, manche mit Brettern vernagelt. Ich frage, was das für ein Haus ist. Es ist der alte Bahnhof, sagt sie. Von dem man die Juden abtransportiert hat.

Schauspiel

Am University College in Dublin hat man mich für den Masterstudiengang anglo-irische Literatur und Schauspiel zugelassen. Ich bin aufgeregt, freue mich darauf. Der Studiengang hat Leute aus der ganzen Welt angezogen. China, Japan, ein paar aus den Vereinigten Staaten, Italien, Spanien, und außer mir sind da noch zwei andere aus Irland. Wir sind zwölf im Ganzen. Fast lächerlich, aber es ist einschüchternd. Mir kommt es so vor, als wüssten sie alle schon eine ganze Menge mehr über das Fach, das ich gerade erst anfange zu lernen.

Jede Woche muss einer aus der Gruppe im Seminar ein Referat halten. Als Erster ist ein amerikanischer Student an der Reihe. Sein Vortrag schüchtert mich nur noch mehr ein. Er steht da, umgeben von mehreren Stapeln von Büchern und Manuskripten, und spricht ruhig und langsam, geht völlig unbefangen mit seinem Thema um. Beim Sprechen streicht er sich über sein Spitzbärtchen. Er benutzt Wörter wie ›indikativ‹, ›apollinisch‹ und ›dionysisch‹. Mir bricht der Schweiß aus. Was mache ich bloß hier? Das geht alles über meinen Verstand. Er spricht Englisch, aber ich verstehe kein Wort.

Später in der Bücherei finde ich heraus, dass es einfach nur Adjektive sind, Adjektive mit ziemlich vielen Silben.

Ich bin dran. Ich stehe auf, schnappe mir einige Blätter Papier und lese so schnell, wie man sonst nur denkt. Es würde mich überraschen, wenn einer auch nur ein Wort versteht. Der Dozent sagt: Irgendwelche Fragen? Und ich sehe mich um, schaue alle an. Aus meinen Blicken schießen Dolche. Keine Fragen, nein.

Ich schließe Bekanntschaft mit einem anderen amerikanischen Studenten, der hier dank eines Fulbright-Stipendiums studiert. Nach einer Sitzung kommt er auf mich zu und fragt mich, ob ich gern Regieassistent wäre bei einem Stück, das er für den Schauspielclub der Universität inszeniert. Genau deshalb bin ich hier. Schauspiel. Ja.

Das mag ich sehr. Die ganzen Abläufe hinter der Bühne. Die Auswahl der Schauspieler. Bühnenbild. Kostüme. Requisiten. Alles. Der Regisseur fragt mich, ob ich eine Rolle in dem Stück übernehmen könnte. Nicht ganz das, was ich im Sinn hatte, aber ich mache es.

Wir sind in der Bibliothek, bei den Kopiergeräten. Mein Regie führender Freund bittet mich, einen Aushang zu verfassen und darauf die Inszenierung des Stücks und den Beginn der Proben anzukündigen. Ich fange an zu schreiben und stelle fest, dass ich nicht weiß, wie man ›Inszenierung‹ buchstabiert. Ich bin entgeistert. Wie konnte ich es nur bis hierher schaffen und die Rechtschreibung nicht beherrschen? Es gibt offenkundige Lücken in meiner Bildung. Ich sehe zu ihm hinüber, er ist mit etwas anderem beschäftigt. Dies ist eine Bibliothek. Ich schnappe mir ein Wörterbuch von einem Regal in der Nähe und sehe nach. Er hat es nicht gemerkt, oder er tut so, als habe er es nicht gemerkt, um höflich zu sein. Ich gelobe mir, dass ich in solch eine Situation nicht wieder geraten möchte.

Wir bringen das Stück auf die Bühne. Es läuft alles reibungslos, und das Stück wird sehr gut aufgenommen. Ich bin angefixt, bin süchtig nach allem, was ich hinter der Bühne, nicht auf der Bühne, mache.

Ich halte mein letztes Referat. Ich stehe da, umgeben von Büchern und Manuskripten, spreche ruhig und langsam und gehe völlig unbefangen mit meinem Thema um.

Es ist vorbei. Ein Freund hat sich auf der Universität in Edinburgh eingeschrieben, und ich beschließe, mit ihm zu gehen.

Das größte, dickste, schwerste Wörterbuch

Ich arbeite als Tellerwäscher. In der Kantine einer Vaselinefabrik. So habe ich Zeit zum Lesen und Schreiben und Denken. Im Dunkeln, noch vor Morgengrauen, nehme ich den Bus und lese, während er mich hinaus aus der Stadt ins Industriegebiet fährt. Ich lese in den fünfzehn Minuten Frühstückspause und in der einstündigen Mittagspause. Keiner stört mich. In meinem kleinen Notizbuch halte ich die schönsten Zitate aus den Büchern fest und schreibe meine Gedanken dazu nieder. Wenn die Hitze von der Speckpfanne mir die Hüften wärmt, wenn sie einweicht und ich schrubbe, denke ich an das, was ich gelesen habe. Und ich weiß, dass mein Kugelschreiber, mein Buch und meine Notizen gleich da drüben unter der Theke bei der Durchreiche für das schmutzige Geschirr auf mich warten. Ich bin ein guter Tellerwäscher.

Die Damen spielen Karten in ihrer Pause. Kafka. Beckett. Camus.

❧

Ich bekomme meinen ersten Lohn überwiesen und kaufe mir das größte, dickste, schwerste Wörterbuch, das ich tragen kann. Es ist mein wertvollster Besitz. Mein Vater hat sich von seinem ersten Lohn als Arbeiter in der Londoner Untergrundbahn die kompletten gebundenen Werke von Ernest Hemingway gekauft. Die habe ich jetzt. Ich sitze auf dem Sofa und lese Samuel Becketts *Murphy,* das Wörterbuch liegt neben mir. Ich schlage ein Wort nach, das zu einem anderen führt. Ich habe mich in die Etymologie verliebt. Einen Großteil meiner Zeit verbringe ich mit Lesen in dem Wörterbuch. Ich verliere mich in den Worten. Geschichten wie eine innere Stimme. Ich lebe Leben, von denen ich nicht wusste, dass sie existieren. Ich gehe durch die Straßen. Mein Freund und ich finden einen kleinen Videoladen, in dem die Filme nach Regisseuren und Schauspielern kategorisiert sind. Zum ersten Mal sehe ich *Der Himmel über Berlin* von Wim Wenders.

Ein winziger Fernseher in einer feuchten Wohnung in Edinburgh, ich auf dem Fußboden davor. Mein Freund gibt mitten im Film auf und geht. Ich sitze wie festgenagelt vor dem Bildschirm. Bin gebannt. Anschließend bekomme ich kein Wort heraus. So geht es mir nach dem fantastischsten aller Filme. *Der Himmel über Berlin* ist der *Ulysses* des Films. Dieser Erzählfluss. Diese Menschlichkeit. Ein Moment auf einer Brücke, als der Mann vom Motorrad fällt, seine letzten Gedanken.

Der Himmel über Berlin, Paris, Texas, Badlands – Zerschossene Träume, Punch-Drunk Love, Blade Runner, Rushmore. Wenn Filme dieses Niveau erreichen, geben sie mir alles, was Kunst geben kann. All die Dinge, die uns so lebendig halten, mehr als irgendwas sonst.

Ich trage mich in einen Studiengang für Sekundarstufe II ein, denn ich will mich als Lehrer für die weiterführenden Schulen qualifizieren. Ich mache das eher meiner Familie zuliebe, nicht weil ich es wirklich möchte. Um einen richtigen Job zu bekommen. Der Studienleiter sagt in seiner Einführungsrede: Dies wird das härteste Jahr Ihres Lebens. Er hat recht.

Vormittags unterrichte ich Englisch an einer weiterführenden Schule, nachmittags gehe ich in die Universität. Abends muss ich meine Unterrichtsvorbereitungen für den nächsten Tag machen. Ziemlich oft schlafe ich voll angezogen ein, falle einfach aufs Bett.

❧

Im Sommer reise ich nach Amerika, nach Martha's Vineyard. Ich liebe Amerika. Den Sommer über arbeite ich, danach gehen ein paar von uns mit dem verdienten Geld auf Reisen. Durch ganz Amerika mit dem Zug, durch die Panoramascheiben schaue ich auf die Wüste. Auf San Francisco. San Diego. John Fante. Charles Bukowski. Bukowski liest Fante. Raymond Carver schreibt über Bukowski. Kaffee. Frühstück. Ich liebe Amerika.

Mexiko. Peru. Bolivien. Ich sauge es in mich auf. Ich schreibe die ganze Zeit.

Mein Vater hat über zehn Jahre in Russland gearbeitet. Die Firma, für die er tätig war, hat gerade eine Zementfabrik in der Ukraine gekauft, und sie brauchen einen Lehrer, der den Geschäftsführern Englisch beibringt. Ich gehe hin.

❧

Direkt aus dem Kühlschrank

Ich kann die Straße durch den Wagenboden sehen. Ein verwischter Streifen Schnee. Ich gebe mir Mühe, nicht hinzuschauen. Der Lada wird mit Bindfäden zusammengehalten. Jedenfalls spannt sich über das Loch am Wagenboden ein Stück Schnur. Dies ist postsowjetische Armut bei gut einhundertzehn Stundenkilometern. Die Schultern des Fahrers stoßen fast ans Autodach, und er muss den Kopf einziehen, um hineinzupassen. Er sieht aus wie Luca Brasi. Er heißt Anatoli. Mein Vater schläft auf dem Beifahrersitz. Ein Reisender alter Schule. Anatoli krümmt sich über dem Lenkrad, blinzelt durch die Windschutzscheibe. Ich kann verstehen, wieso Dad schläft. Die Scheibenwischer bewegen sich schneller als das Auto, aber völlig wirkungslos. Draußen die totale weiße Wand. Ich beuge mich vor, um besser zu sehen. Nichts. Keine Straße. Kein Himmel. Nur Scheinwerfer ins weiße

Nichts. Ich habe den Eindruck, Anatoli navigiert geleitet von seinem inneren Auge. Oder einem nur für ihn sichtbaren Leuchtfeuer, das ihm den Weg weist. Ich mache die Augen zu und bete.

Mein Vater ist so etwas wie ein kapitalistischer Bodentruppensoldat. Oder anders ausgedrückt, ein staatlich geprüfter Bilanzbuchhalter, der an merkwürdige Orte entsandt wird. Er war einer der Ersten in Kasachstan, Kirgisistan, Usbekistan nach dem Zusammenbruch der Sowjetunion. Entsandt von der Weltbank, um Landwirte zu unterrichten, die zuvor zehntausend Hühner pro Tag produziert hatten, die allesamt von der Regierung aufgekauft wurden. Jetzt sollten die Leute Geschäfte eröffnen, den Einheimischen die Produkte des kleinen Stückchens Land verkaufen, das ihnen inzwischen gehörte. Die Keimzelle des Kapitalismus. Er zog in eine Stadt mit der Vorstellung von Millionen im Hinterkopf. Er gab Unterricht in Einkauf und Verkauf, in Soll und Haben, in Gewinn und Verlust. Er war der Held des Kapitalismus, die Vorhut der Demokratie. Aber es war alles umsonst. Die Mafia schaltete sich ein und übernahm alles.

Jetzt, Jahre nach dem Zusammenbruch, wurde Dad die Verantwortung für eine Zementfabrik im Süden der Ukraine übertragen. Seine Mission: den Grundstein für den Kapitalismus zu legen. Gewinn zu erwirtschaften.

Sechs Stunden südlich von Kiew. Wir kommen tatsächlich lebendig an. Anatoli setzt uns an meinem neuen Zuhause ab. Es ist ein Hochhaus mitten in einer Landschaft von Hochhäusern. Der Firma gehört das Erdgeschoss dieses einen, das ganze Stockwerk unterteilt in Zweizimmerapartments. Dad und ich teilen uns eine Wohnung. Die meisten Arbeiter leben in diesen Betonsilos. Zweitausend Werksangehörige und deren Familien. Als wir aus dem Wagen aussteigen und zum Eingang gehen, spüre ich Blicke von oben.

Mir ist egal, wo wir wohnen. Ich bin einfach nur froh, dass ich mit Dad zusammenwohnen kann. Goldstaub. Ich hänge Filmposter an den Wänden auf, und abends sehen wir Filme und trinken ukrainisches Bier direkt aus dem Kühlschrank.

Einen Lehrer hat es hier nie gegeben, und so holen sie Tischler, damit die mir eine Tafel bauen können. Sie ist grün. Jeden Vormittag unterrichte ich die Leute von der Geschäftsleitung, und zum Mittagessen treffe ich mich mit Dad in seinem Büro. Lange, hallende Flure, und die Bürotüren sind Türen hinter Türen, damit keiner lauschen kann, und über den Türen Lampen, die einem zeigen, ob man eintreten darf oder nicht. Reinster Kafka. Neben Dads Büro stehen Leute Schlange. Sie wollen zu dem ukrainischen Boss, der jetzt zweiter in der Hierarchie ist. Einige sind schon seit Tagen da. Einer schläft. Manche werden ihn nie zu Gesicht bekommen. Dad lässt die Tür zu seinem Büro immer offen. Das macht die anderen fuchsteufelswild.

Manchmal gehen wir nach der Arbeit in die Altstadt, setzen uns in düstere Kneipen, trinken kaltes Bier und essen Paprikachips dazu. Wir sind gern zusammen.

Wir werden zu einer Hochzeit eingeladen. Man gibt uns Plätze neben Braut und Bräutigam. Rechts neben mir sitzt eine Dolmetscherin. Sie flüstert mir ins Ohr, übersetzt alle Ansprachen. Sie erklärt, wer uns am Tisch gegenübersitzt. Das ist der Richter hier in der Stadt, sagt sie, und neben ihm der Mafiaboss. Es waren einmal drei Mafiabosse, aber einer machte seine Haustür auf und wurde über die Straße gesprengt, und der andere fuhr seinen Wagen in den Straßengraben. Ich mustere den Mann. Glattrasiert, glänzende, hellbraune Haare. Er ist noch jung. Kompakt wie ein Haus. Er ist Boxer, erzählt mir die Dolmetscherin, ihm gehört ein Sportstudio in der Stadt. In seinem pechschwarzen Seidenhemd wirkt er wie das Klischee eines Gangsters. Er sieht mich an, und ich höre auf zu denken. Ich will wegsehen, aber das kann ich nicht, nicht, wo ich so in seiner Nähe sitze. Seine Augen sind wie die Augen eines Hais. Anders kann man sie einfach nicht beschreiben. Sie sind tot, und doch sehen sie mich an. Und mir wird klar, dass ich nie zuvor in solche Augen gesehen habe. Ich spüre es tief innen drin. Angst. Ich sehe weg.

Es geht los mit dem Tanz. Er tanzt mit seiner Freundin, auch ganz in Schwarz, abgesehen von der roten Blume auf ihrem Kleid und dem leuchtenden Rot ihres Lippenstifts. Sie tanzen, und sie sehen aus wie Flamencotänzer. Ich schaue mich um. Jedes Augenpaar ruht auf ihnen.

Ich komme mit einem Mädchen ins Gespräch, das größer ist als ich. Ich bin über einen Meter achtzig groß. Die junge Frau ist eine geschmeidige Ukrainerin. Sie sagt, sie muss jetzt gehen, und ich biete an, sie nach Hause zu begleiten, und sie sagt Ja. Wir gehen hinaus und treten in die Dunkelheit der Bäume an der Straße. Zwei große Gestalten kommen zwischen den Bäumen vor, verstellen uns den Weg. Offenbar ist es nicht vorgesehen, dass ich die Hochzeit verlasse. Dad hat mir gesagt, sie sind alle bewaffnet. Ich schaue mich um und sehe den riesigen Anatoli, der mit den anderen Fahrern bei den Wagen steht. Ich lächle und winke, gebe mit Zeichen zu verstehen, dass es in Ordnung ist, wenn ich weitergehe. Er sieht mich an und nickt den beiden zu. Sie treten zurück. Ich begleite sie nach Hause, und wir unterhalten uns. Sie spricht fließend Englisch. Wir kommen zu ihrem Hochhaus, sie geht hinein, und ich kann von dem Kuss, den ich mir erhofft hatte, nur träumen.

Ich werde noch verrückt in der Wohnung, also rufe ich die Dolmetscherin an und frage, ob es ihr etwas ausmachen würde, mich in die Stadt zu bringen. Die Stadt hat gut einhunderttausend Einwohner, und auf dem großen Platz im Zentrum der Altstadt herrscht reges Leben. Ziemlich merkwürdig, mit Ihnen zusammen zu sein, sagt sie, als wir den Platz überqueren. Wieso?, frage ich. Weil jeder weiß, wer Sie sind.

Die Vorstellung bringt mich zum Lachen. Dann merke ich, dass es ihr ernst gewesen ist. Ich sehe mich um. Hier, da, auf dem ganzen Platz. Alle schauen.

Gecko

Nach einem Jahr verlasse ich die Ukraine. Meine Schüler schenken mir ein Bild von der Altstadt. Ein merkwürdiges Gefühl, abzureisen.

Ich fliege nach Frankreich, um gemeinsam mit Freunden Urlaub zu machen, ehe ich nach Irland zurückkehre. Wir sind zu fünft und wollen für fünf Tage in die Dordogne zum Kajakfahren. Ich habe beschlossen, einen Urlaub von der Liebe zu machen.

Auf einem der Zeltplätze küsse ich eine junge Frau. Sie ist Reiseführerin aus England und hat auf dem Knöchel einen Gecko tätowiert. Am nächsten Tag fahre ich mit meinen Freunden im Zug nach San Sebastián, und ich vertreibe mir auf der Reise die Zeit damit, mir mit blauem Kugelschreiber einen Gecko auf den Bauch zu malen. Den zeige ich allen.

Wir müssen umsteigen. Wir warten auf einem staubigen ländlichen Bahnhof, da sitzen wir alle im Schatten, als ein leuchtend grüner Gecko uns vor die Füße läuft und genau vor mir Halt macht, zwischen meinen Beinen. Alle lachen, und einer der Jungs versucht, ihn zu fangen. Die kleine Echse schießt blitzschnell davon.

Wir steigen in San Sebastián aus dem Zug, und ich küsse eine Amerikanerin, die mir von ihrer Großmutter erzählt. Sie dreht sich um, will etwas zu trinken bestellen. Auf den Rücken hat sie einen Gecko tätowiert.

Ich fahre nach Hause. Ich mache Urlaub von der Liebe.

Dann begegne ich einem großen, schlanken Mädchen namens Ruth auf einer Brücke.

Mein bisheriges Leben war nur die Suche nach Ruth.

Zum ersten Mal übernachte ich bei ihr zu Hause in Harold's Cross. In ihrem Schlafzimmer, vom Kaminsims, nehme ich eine kleine Holzschnittarbeit an einer Halskette hoch und halte sie Ruth hin. Das habe ich in Thailand geschnitzt, sagt Ruth. Eine Ewigkeit hat das gedauert. Es ist ein Gecko.

Ich bin immer noch ein Mensch

Ich esse nicht, trinke nicht, gehe nicht, spreche nicht, so wie Sie das tun. Ohne eine Maschine, die mir Tag und Nacht dabei hilft, atme ich nicht. Ich kann weder Arme noch Beine bewegen. Und doch. Ich bin immer noch ein Mensch.

So viel habe ich verloren. Und doch. Ich bin immer noch hier.

Ich fühle alles. Die sanfteste Feder, die mich irgendwo auf dem Körper berührt. Und mein Herz ist lebendig. Empfänglich für Sinn. Für Werte. Für Liebe. Und genau darum ist es immer schon gegangen.

Mir ist bewusst, dass ich eine Wahl habe. Ich kann diesem Leben erlauben, mich zu zerstören. Auf mir zu lasten, bis ich tot bin. Ich kann das Gewicht aber auch tragen. Und leben. Ein Überleben gibt es nicht. Es gibt nur leben und sterben. Vor diesem Leiden gibt es keine Tore, die sich schließen können. Kein Befreier wird kommen. Ich muss mich entscheiden.

Zu leben oder zu sterben.

Kein Schmerz ohne Liebe. Keine Liebe ohne Schmerz. Wir sind für den Tod nicht geschaffen. Er passt nicht gut zu uns. Er ist nicht in uns. Wir können ihn nicht erfassen. Ich kann es nicht. Mein Ende. Es ist jenseits der Angst. Jenseits des Verstandes. Jenseits von uns. Und doch die allgegenwärtige Frage: Hast du Angst vor dem Sterben? Und die immer wiederkehrende Antwort, die wir unser ganzes Leben lang formulieren, in der heimlichen Hoffnung, dass wir sie wirklich glauben werden. Der Tod ist nicht in uns, egal was die Wissenschaftler sagen. Doch der Tod ist genauso real wie unser Spiegelbild. Genauso gegenwärtig. Eine Gegenwart, über die wir nachdenken, die wir aushalten müssen. Bis wir sterben. Und dann das werden, was wir nicht sind.

Dieses Leben ist der härteste aller Gegensätze: Tod

und Liebe. Jeder, der etwas anderes sagt, ist dem Tod noch nicht begegnet.

Dieses Leben gehört uns, und ob wir es behalten oder es loslassen wollen, es gibt keine Liebe ohne Schmerz, keinen Tod ohne Liebe.

Ich bin ein guter Mensch. Das sehe ich jetzt. Ich war selbstsüchtig und verwöhnt, aber ich bin auch das Beste gewesen, das dieses Leben zu bieten hat. Die Menschen, die ich berührt habe, alles, was ich zu tun oder zu sagen versucht habe. Liebe. Dieses Leben ist gut. Die Sonne auf dem Zaun. Die Menschen, die ich berührt habe. Ich bin jetzt der Liebe meiner Söhne wert. Dies sind die Gedanken eines alten Mannes. Mein Körper hat Angst vor dem Tod, genau wie ich. Angst davor, diesen Ort zu verlassen. Aber ich habe gelebt.

Ich stehe vor der endlosen Stille der See. Ich habe dasselbe Gefühl wie im Angesicht des Grand Canyon. Wenn die Natur eine Gegenwart wird. Und dann heißt es: Ich und die Welt. Da ist ein Geräusch über den Wellen, ein rhythmisches klatschendes Geräusch. Ein Mann im Wasser, er schwimmt allein, seine Arme, einer nach dem anderen, durchschneiden die Oberfläche. Die Spur, die er hinter sich herzieht, nur ein dunkler Fleck. Menschen lassen nicht viel Spuren zurück. Ich bin lebendig. Ich lebe.

An manchen Tagen wache ich auf und bin unbeschrieben, leer. Und ich warte darauf, dass der Tag mich füllt. An anderen Tagen wache ich auf und bin erfüllt, von einem Traum. Und das sind die Tage, die mich verzweifeln lassen. Denn erinnern heißt nicht fühlen, und träumen heißt nicht erinnern. Träumen heißt noch einmal erleben. Und dann wache ich auf. Und ich fühle mich wie ein alter Mann. Der von der Jugend träumt und alt aufwacht. Der von der Liebe träumt und allein aufwacht.

Und eines Tages habe ich entschieden, dass ich eine Wahl habe. Ich könnte meine Tage mit nichts füllen, oder ich könnte es versuchen und wieder leben.

Solange das Leben leuchtet

Ruth hätte es gern gesehen, dass ich Schriftsteller wäre. Ein leichteres Leben. Aber ich bin nun mal kein Schriftsteller. Ich bin Filmemacher. Drehbuchautor und Regisseur. Und wenn man einmal herausgefunden hat, was einen bewegt, was einen umtreibt, will man nichts anderes mehr tun, nichts anderes mehr sein.

Ich beende das Drehbuch. Ich sehe mich nach einem Produzenten für meinen Film um. Ich finde zwei. Die Art Leute, die mich beinahe wieder an das Schicksal glauben lassen. Kathryn. Lesley. Wir fangen mit der Arbeit an.

Meine kleinen Babys, Sadie und Hunter, sind das Licht meines Lebens. Tag für Tag füllen sie mich auf, wie eine leere Batterie. Einfach nur ihre Gesichter zu sehen. Ich bin verrückt nach ihnen.

Wenn ich vor drei Jahren zugestimmt hätte, als die Ärzte mir rieten zu sterben, wären die beiden nicht auf der Welt. Sie sind das Leben.

In jedem Beruf stellt die Amyotrophe Lateralsklerose ein kaum zu überwindendes Hindernis dar (es sei denn vielleicht, man ist Schriftsteller oder Mathematiker ...). Doch wir wählen nicht aus, was uns bewegt, was uns umtreibt. Es wählt uns aus. So wie die ALS mich ausgewählt hat. Du bist, was du bist. Es liegt an dir, wie du damit umgehst.

Ruth und ich kämpfen mit diesem Leben. Wir sorgen uns umeinander, um unsere Kinder. Unser Leben unterscheidet sich sehr von dem vieler anderer, und es isoliert uns. Oft wachen wir auf, mitten am Nachmittag oder mitten in einer schlichten Tätigkeit, und fragen uns: Wie ist das nur passiert? Und wie ist es gekommen, dass unser Leben so ist? Und mit diesen Gedanken kommt eine Traurigkeit, und die Erinnerung an ein anderes, leichteres Leben, wie ein Traum, an den man sich erinnert. Dann ist es wieder weg, und wir gleiten zurück in den Strom des Jetzt, wo unsere Kinder sind. Ich finde es schön, am Leben zu sein.

Ich bin also ein Filmemacher mit ALS. Was für ein dicker Brocken. Langweilig wird es ganz bestimmt nie.

Im Gegensatz zu anderen Filmemachern bin ich unbelastet von den Sorgen und den Zwängen, aus der Arbeit, die ich liebe, eine Karriere aufzubauen. Die ALS befreit einen passenderweise von solchen Nöten, indem sie weit drängendere Bedürfnisse mit sich bringt.

Was bleibt, ist der Wunsch. Der schlichte, nackte, nicht endende Wunsch, einen Film zu machen. Nicht als Aussage, nicht um zu beweisen, dass ich es kann, nicht aus Gründen des Egos und nicht aus schierer Starrköpfigkeit. Aus Liebe. Zum Film. Zum Entstehungsprozess. Zur Arbeit. Zu den Gründen, aus denen wir die Dinge tun, die zu tun es uns drängt. Drängt bis zur Erschöpfung, denn erst an dem Punkt liegt die Perfektion, die wir anstreben, die Gesamtheit dessen, was wir zu geben haben, einer Kunst verpflichtet.

Und dann kommt Ruth ins Zimmer, mit dem frischesten Gesicht, das ich je gesehen habe, und bittet mich, nach draußen zu kommen, bei ihr zu sitzen, die Sonne scheint, und ich, wie immer in diesen Augenblicken, höre ihre Stimme nicht, ich betrachte ihr Haar, ihr Gesicht, versuche, sie in mich aufzunehmen, und ich sehe wohl lieber zu, dass ich meinen Hintern nach draußen bewege.

Als James Joyce *Finnegans Wake* beendete, saß er auf einer Parkbank und sagte, er fühle sich, als sei alles Blut aus seinem Gehirn gewichen. Genau das meine ich.

Ich bin nicht James Joyce, aber ich weiß, wovon er redet.

Das also ist der Wunsch.

Der Film, den ich machen will, heißt *My Name is Emily,* die Geschichte eines sechzehnjährigen Mädchens. Die ganzen letzten fünf Jahre ist diese Geschichte in mir gewesen. Emily fasziniert mich. Weil ich an Erlösung glaube. Ich glaube an die Macht zu nehmen, was das Leben einem hinwirft, und langsam zurückzukommen, alles zu nehmen, was man hat, und sich nicht von Traurigkeit und Verlust zu Tode drücken zu lassen. Dies ist eine Geschichte über Erlösung. Tag für Tag werden Menschen von Traurigkeit und Verlust erdrückt. Dies ist nicht der Versuch, etwas anderes zu behaupten. Dies ist nur eine Geschichte, in der genau das nicht geschieht.

Ich will einen schönen irischen Film machen. Schönheit fasziniert mich. Ich denke die ganze Zeit daran. Manche Filme zerreißen mir das Herz, beweisen, dass man im Film nach menschlicher Schönheit greifen kann, zeigen, was für eine junge Kunstform der Film ist. Die Erforschung der Schönheit durch den Film steht gerade erst am Anfang. So wie wir leben, sind wir ständig umgeben von der Manipulation der Bilder, die Werbung wird immer poetischer, unterwirft die Schönheit der Aufgabe des Verkaufens. Und in diesen Zeiten wird die Frage der Schönheit immer wichtiger und drängender. So frage ich mich zum Beispiel: Was ist Schönheit im Film? Finden wir Menschen mit der Sonne als Hintergrundbeleuchtung schön, weil sie eine uns innewohnende Form der Schönheit ansprechen, eine Vorstellung von Glück? Oder hat sich da ein Klischee herausgebildet, auf das wir reagieren? Und immer wieder komme ich zurück auf die Filme, die mich daran erinnern, dass Schönheit möglich ist, dass die Klischeevorstellung noch nicht die Oberhand gewonnen hat. Die Filme, die mich berühren, mich bewegen, mich antreiben.

Es ist zwei Uhr. Die Nachrichten zählen die Toten. Ich bin im Frieden mit mir. Mein Sohn locht Golfbälle im Flur ein. Immer und immer wieder. Er ist vier. Arden. Ich wünschte, ich könnte ihm meine Liebe zu ihm in den Kopf schreiben. Ihm um die Ohren schwirren, ihm meine Liebe zuflüstern. So ist die ALS. Deshalb kann ich ihn nicht berühren, über ihm stehen, ihn hochnehmen. Deshalb projiziere ich meine Liebe in den Flur hinunter, in sein Leben hinein, und hoffe, er hört mich. Kleine Schritte im Flur.

Es ist beinahe eine Form von Krankheit, sich immer wieder ein Happy End zu wünschen, wenn der Wunsch nach dem Happy End der Angst entspringt, die Dinge so zu sehen, wie sie sind. In den populären Medien grassiert dieser Wunsch. Aber es gibt noch einen anderen Impuls, viel tiefer als die Angst. Der Wille zu leben. Mit der Traurigkeit, dem Verlust und der Liebe zu leben, die dieses Leben ausmachen. Durch dieses Leben zu navigieren. Nicht aufzugeben. Das ist Emilys Geschichte. Und auch meine.

Verraten Sie mir Ihre Geheimnisse. In den tiefsten Tiefen der Nacht, flüstern Sie sie mir ins Ohr. Verraten Sie mir Ihre Wünsche, wenn Sie können. Verraten Sie mir Ihre Ängste. Verraten Sie mir, was Sie gern essen. Und wie Sie es gern essen. Verraten Sie mir Einzelheiten, als seien Sie halb wach, halb im Schlaf. Wir sind Menschen. Ich höre zu. Verraten Sie es mir mit Ihrem Körper. Verraten Sie es mir mit Ihrem Mund. Verraten Sie mir, wieso Sie das Leben für lebenswert halten. Verraten Sie mir etwas, das ich in mir aufbewahren kann. Verraten Sie mir, ohne nachzudenken, etwas, das daherkommt in Ihrer Gestalt. Sie bekommen eine Gänsehaut in der Brise, verraten Sie mir alles, ich bin besessen von Ihnen.

Das Leben leuchtet noch, es ist noch nicht dunkel. Ich sehe einen schmalen Lichtstreifen zwischen den Vorhängen, sehe die Abenddämmerung draußen. Alle meine Kinder und Ruth schlafen. Ich halte Ruths Hand. Das Haus ist ruhig. Gestern war mein erster Tag beim Casting. Ich war in einem Theater, ließ Schauspieler vorsprechen, führte Regie. Ich habe es zurück an die Arbeit geschafft. Im Jahr 2008 lautete die Diagnose, dass mir das alles genommen würde. Und ich habe es zurück an die Arbeit geschafft.

Nimm mir das erst mal weg. Versuch es nur.

Dieses Leben ist etwas Wunderbares. Ich wache auf, ich bin deprimiert, und Ruth bringt Sadie herein, mein kleines Mädchen, das inzwischen ein Jahr alt ist. Ruth setzt sich mit der Kleinen neben mich aufs Bett. Ruth hebt meine Hand, damit ich Sadies Gesicht berühren kann, und Sadie zeigt auf mich. Die beiden bleiben nur einen kurzen Moment, aber als sie gehen, bin ich verändert. Meine Kleine ist der konzentrierte Wille zu leben.

Ich begebe mich nach unten, denn es ist Ardens erster Schultag. Die Luft ist frisch und klar, ehe die Hitze des Tages einsetzt. Wir bringen ihn in seine Klasse, dann fahren wir hinunter ans Meer. Die Sonne auf dem Meer glitzert.

Die Dunkelheit

Sadie und Hunter finden mich.

Sie sitzen bei mir im Bett oder auf meinem Schoß, wenn ich im Stuhl bin. Wir hören Musik. Sadie hält meine Hand. Hunter berührt mein Gesicht. Nichts auf der Welt macht mich glücklicher.

Ich brenne vor Leben.

Ruth und ich fahren zum Opernfestival nach Wexford. Das versuchen wir jedes Jahr. Vergangenes Jahr habe ich es verpasst, weil ich krank war. Die Karten müssen wir sechs Monate im Voraus bestellen. Jedes Jahr, in dem ich es schaffe, scheint ein weiteres Jahr zu markieren, das ich am Leben bin. Dieses Jahr fahren wir.

Ich trage meinen Smoking. Ich weiß gar nicht mehr, wann ich den gekauft habe. Ruth trägt ein schlichtes schwarzes Kleid, und ich spüre diesen vertrauten Stolz, weil ich in ihrer Gesellschaft sein darf. Mein Dad fährt uns nach Wexford. So haben wir beide mehr Ruhe. Wir kommen am Opernhaus an, aber als wir aus dem Auto herauswollen, spielt auf einmal mein Rollstuhl nicht mit. Zum ersten Mal in drei Jahren ist er kaputt. Mist. In zwanzig Minuten fängt die Oper an, und ich kann mich keinen Zentimeter von der Stelle bewegen. Ich stecke fest. Ruth und Dad versuchen hektisch, telefonisch jemanden zu erreichen, aber es ist Sonntagabend. Männer im Smoking kommen aus dem Opernhaus gelaufen und bieten ihre Hilfe an. Ruth legt einen Hebel unter dem Stuhl um, damit ich von Hand geschoben werden kann. Aber immer noch komme ich nicht vom Fleck. Die Sicherheitsgurte, mit denen der Stuhl im Auto befestigt ist, öffnen sich nicht wegen der nicht ganz korrekten Position des Stuhls, und die Position können wir nicht korrigieren, ohne den Stuhl wieder auf Automatik zu stellen. Vorstellungsbeginn in fünf Minuten. Ich finde mich damit ab, nach Hause fahren zu müssen.

Aber Ruth will nicht aufgeben. Jemand besorgt eine Schere. Ruth bückt sich im Dunkeln und schneidet die Gurte durch. Ich bin frei. Hände ziehen, und ich rolle rückwärts die Rampe auf eine Straße mit Kopfsteinpflaster hinunter. Noch mehr Hände, und Ruth ist an meiner Seite, schiebt mit den anderen, bugsiert mich über die Straße. Es geht durch ein Gewirr von Smokings und mich musternden Damen, durch Türen, die sich vor uns öffnen, und plötzlich bin ich ins Opernhaus verfrachtet, bin auf meinem Platz, und die Türen schließen sich hinter mir. Wir wollen meinen Computer anschalten, aber jemand hat ihn in der Tasche angelassen, und jetzt ist er überhitzt und kaputt. Ich habe keine Stimme.

Ruth ist in Hochstimmung nach der Wahnsinnshetze hier hinein. Sie steht unter Strom, ihr Gesicht leuchtet und ist lebendig. Sie flüstert mir ins Ohr. Das ist ein Zeichen, sagt sie, dir ist wieder alles genommen, keine Technik, nur du und die Musik. Nur du, und du bist genug. Ich verstehe dich, wenn du mit den Augen sprichst. Sie küsst mich. Herrgott. Ich bin so verliebt in diese Frau.

Die Lichter verlöschen und bleiben gedimmt, während das Orchester die Ouvertüre spielt. Ich bin im Dunkeln mit all diesen Menschen, so lebendig wie alle anderen. Ich fühle mich als Teil der Menschheit, wie ich einfach so dasitze mitten im Publikum, keine Technik, keiner starrt mich an. Die Klangfarbe der Instrumente erfüllt meine Sinne. Im Dunkeln ist es einfach nur die Musik und ich.

Ein glühender Appell, bei Missbrauch nicht wegzusehen

Claudia Mehler
AM ENDE SIEGT
DIE LIEBE
Wie ich für meine
missbrauchte Tochter
kämpfte
Aus dem Italienischen
von Katharina Schmidt,
Barbara Neeb
272 Seiten
ISBN 978-3-404-60824-9

Es sind die kleinen Dinge, die schon früh ihre Aufmerksamkeit wecken. Aber Claudia Mehler vermutet zunächst nichts Schlimmes hinter der Reizbarkeit und den häufiger werdenden Kopfschmerzen ihrer sechsjährigen Tochter. Erst nach und nach kann Claudia das Mosaik der versteckten Signale zusammensetzen und kommt einer schrecklichen Wahrheit auf die Spur: Das Mädchen wird seit Monaten in der Schule missbraucht. Claudia, ihr Mann und ihre Tochter besinnen sich auf sich selbst und kämpfen um ein Leben nach dem Trauma.